dtv

»Wir wandern nicht mehr, um anzukommen, wir sind unterwegs in einer frostigen, auskühlenden Welt.« Peter Härtling denkt in diesem »wichtigen und unerwarteten Buch«, wie es im Süddeutschen Rundfunk hieß, nach über Wanderschaft und Fremde in früheren Jahrhunderten und heute. Er hat selbst unfreiwillige Fußmärsche durch zerbombte Städte hinter sich, als er mit fünfzehn Jahren zum ersten Mal die ›Winterreise‹, jenen von Franz Schubert vertonten Gedichtzyklus von Wilhelm Müller, hört. Und er ist tief bewegt …

Peter Härtling, geboren am 13. November 1933 in Chemnitz, Gymnasium in Nürtingen bis 1952. Danach journalistische Tätigkeit; von 1955 bis 1962 Redakteur bei der ›Deutschen Zeitung‹, von 1962 bis 1970 Mitherausgeber der Zeitschrift ›Der Monat‹, von 1967 bis 1968 Cheflektor und danach bis Ende 1973 Geschäftsführer des S. Fischer Verlages. Seit Anfang 1974 freier Schriftsteller.

Peter Härtling

Der Wanderer

Deutscher Taschenbuch Verlag

Ungekürzte Ausgabe
September 2002
2. Auflage November 2003
Deutscher Taschenbuch Verlag GmbH & Co. KG,
München
www.dtv.de
© 1995 Verlag Kiepenheuer & Witsch, Köln
Erstveröffentlichung: Darmstadt 1988
Die vorliegende Fassung folgt
›Peter Härtling. Gesammelte Werke‹, Band 7,
herausgegeben von Klaus Siblewski, Köln 1997.
Umschlagkonzept: Balk & Brumshagen
Umschlaggestaltung unter Verwendung des Gemäldes
›Kirchgang‹ (1867) von Ludwig Hugo Becker
Satz: Kalle Giese Grafik GmbH, Overath
Gesetzt aus der Stempel Garamond (Berthold) 12/14·
Druck und Bindung: Druckerei C. H. Beck, Nördlingen
Gedruckt auf säurefreiem, chlorfrei gebleichtem Papier
Printed in Germany · ISBN 3-423-25197-2

Inhalt

Der Wanderer

Fremd bin ich eingezogen,
Fremd zieh ich wieder aus.

Wilhelm Müller
Die Winterreise

Ich verlasse Sisyphos am Fuße des Berges! Seine
Last findet man immer wieder. Nur lehrt Sisyphos
uns die größere Treue, die die Götter leugnet und
die Steine wälzt. Auch er findet, daß alles gut ist.
Dieses Universum, das nun keinen Herren mehr
kennt, kommt ihm weder unfruchtbar noch wert-
los vor. Jeder Gran dieses Steins, jeder Splitter
dieses durchnächtigten Berges bedeutet allein für
ihn eine ganze Welt. Der Kampf gegen Gipfel ver-
mag ein Menschenherz auszufüllen. Wir müssen
uns Sisyphos als einen glücklichen Menschen vor-
stellen.

Albert Camus
Der Mythos von Sisyphos

Baucis (Mütterchen, sehr alt)
Lieber Kömmling! Leise! Leise!

J. W. Goethe
Faust II

*Für Mitsuko, Tabea, Harmut
und für Mechthild*

I

Mit fünfzehn Jahren hörte ich zum ersten Mal
mein Lied. Ein heruntergekommener, seiner Stimme nicht mehr mächtiger Bariton sang es vor wenigen Zuhörern. Alle sahen ihm die Schwächen
nach: es war eines der ersten Konzerte seit Kriegsende in Nürtingen. In dem Saal der ehemaligen
Aufbauschule, in dem das Konzert stattfand,
waren wenige Jahre zuvor Lieder zum Ruhme Hitlers geschmettert worden.

»Fremd bin ich eingezogen, / Fremd zieh ich
wieder aus.«

Als der Sänger einsetzte – für ihn, er trat im
Frack auf, begann eine zweite Winterreise: draußen stäubte der Januarschnee im Frost, der Raum
war so gut wie nicht geheizt –, als er einsetzte, traf
seine Stimme das »Fremd« nur ungenau. Selbst
ich, der ich das Lied noch nicht kannte, merkte es.
Aber gerade dieses suchende und gesuchte FREMD
bewegte mich tief. Es sprach von mir, das ganze
Lied erzählte von mir.

Von nun an befand ich mich mit jenem Sänger
unterwegs, hatte selber eine Wanderung begonnen,
die im Lied deutlicher und schmerzlicher wiederholt wurde. Ich lauschte hingegeben und vergaß

den Gesang. Die Verse schienen ihre Musik hervorzurufen. Ohne sie hätten sie keine Bedeutung gehabt. Der Wanderer, der Fremde war ich. In Nürtingen hatte er für einige Zeit Zuflucht gefunden. Ich war wie er als Flüchtling gekommen und von der Stadt und ihren Bürgern »fremd« gemacht worden.

»Ich kann zu meiner Reisen / Nicht wählen mit der Zeit«.

Wie ungezählte andere hatte auch ich nicht wählen können. Wir hatten unsere Wanderschaft unvorbereitet begonnen. Das ist fast vierzig Jahre her.

Nicht immer, wenn ich die ›Winterreise‹ jetzt höre, im Konzertsaal oder auf Schallplatte, empfinde ich meine Fremde so wie damals. Ich habe mit ihr umzugehen gelernt. Manchmal jedoch fühle ich, wie die Haut sich fröstelnd zusammenzieht. Dann werden Bilder lebendig, die ich während meiner unfreiwilligen Wanderung eingesammelt habe, Bilder, die einer Epoche gehören, Bilder, vor denen nur Amnesie schützt, Bilder, die Verfolgte und Verfolger gemeinsam erinnern und die sie dennoch trennen, Bilder von Flüchtlingen, die unfreiwillig für eine kurze Zeitspanne oder für alle Ewigkeit unterwegs waren – keine mythischen Erscheinungen, keine Kunstfiguren eines Lieds, Gehetzte von Flüchen und Drohungen, vom eigenen Gewissen und Haß, Gepeinigte von der Furcht vor Folter, Kerker, Tod.

Ich sehe diese Bilder wie ein Menetekel auf dem Grund einer dauerhaften, nie ganz weichenden Angst: dieser erste Schritt aus dem Vertrauten hinaus, aus der Wohnung, aus dem Haus, meist hinein in die Nacht. Keiner macht ihn freiwillig. Immer geht ihm ein Befehl, eine Anweisung oder die Furcht voraus und immer wird er begleitet von unauffällig Auffälligen, von Uniformierten.

Und diese Landschaften, aus der Höhe des Traums gesehen, verwüstet von Bomben und Granaten und dennoch gegliedert durch Geleise, auf denen Züge fahren, geordnet durch Straßen, auf denen sich Kolonnen bewegen, oder durch Ansammlungen von flachen, im Karree gebauten Barackensiedlungen, durch sinnlos aus dem Geröll ragende Kirchtürme. Und diese Bahnhöfe, die bei Tag und Nacht Züge empfangen, deren Passagiere oft nichts miteinander gemein haben als den Gedanken an die Flucht, Wege phantasierend in verstörten und todgeweihten Köpfen. Diese Fluchtwege, staubig oder morastig, stets den vorauseilenden Blicken zu nah und bereit, die Stürzenden aufzufangen.

Diese Furcht der Wanderer – ihre unsichtbaren Male könnten sichtbar werden – Deserteure, Häftlinge, Juden, Kommunisten, Russen, Franzosen, Deutsche, Flüchtlinge, Deportierte, Fremdarbeiter, Zigeuner, Homosexuelle. Benennungen, die sie kennzeichnen sollen und zeichnen wollen.

Was bringt mich dazu, diesen Gejagten und Jagenden den namenlosen Wanderer der Winterreise vorauszuschicken, einen verirrten Sendboten der Romantik? 1949 schrieb ich das Gedicht eines anderen Wanderers, Max Herrmann-Neiße, in mein Notizbuch:

> »Trostlied der bangen Regennacht
>
> Keine Furcht der Erde
> kann uns bange tun.
> Sieh, wie sanft die Pferde
> Wang' an Wange ruhn.«

Die wiegenden Sätze redeten mir die aufgenötigte Unrast aus, bis ich begriff, daß auch sie nicht trösten, vielmehr eine bittere Botschaft an jene enthalten, die »an viel fremden Wegen flüchtig sind«: Der Mensch ist derart außer sich, daß er nur noch bei den Geschöpfen der Natur Unangefochtenheit und Ruhe findet.

Ich will mit meiner Winterreise beginnen.

2

Im August 1945 brachen Tante K. und ich zu einer
Reise auf, die zwar ein Ziel hatte, deren Ausgang
allerdings allen, die sie geplant hatten, ungewiß
schien. Wir wußten, auf vielen Strecken fuhren
keine Züge, Fahrpläne gab es nicht; wir würden
häufig zu Fuß gehen müssen oder auf Fahrzeuge
angewiesen sein, die uns mitnehmen.

Seit vier Monaten hielten wir uns in der kleinen
Stadt Zwettl im österreichischen Waldviertel auf.
Eine Gruppe von drei Frauen und zwei Kindern.
Mein Vater hatte uns dorthin geholt, in der Hoffnung, der Ort werde von Kriegshandlungen ver-
schont bleiben und nach dem Verlauf der Fronten
von den Amerikanern und nicht von den sowjeti-
schen Truppen eingenommen werden. Er irrte
sich. Um die Stadt wurde kaum gekämpft, doch
die Rote Armee besetzte sie, und mein Vater, der
sich selber aus der Wehrmacht entlassen hatte
und, erleichtert, wieder Zivil trug, meldete sich
freiwillig in die Gefangenschaft. Im Kriegsgefan-
genenlager Döllersheim starb er nach wenigen
Wochen. Das sollten wir erst ein Jahr danach erfahren.

Ich machte Zwettl zu meinem Spielplatz, fand
unter den jungen Rotarmisten Freunde, stahl aus
den Fahrerhäusern ihrer im Hof abgestellten Last-
wagen Tabak und Zigaretten.

Meine jüngere Schwester verließ das Zimmer, in dem wir zusammengepfercht hausten, auf zusammengeschobenen Schreibtischen schliefen, so gut wie nie. Sie redete mit ihrer Puppe.

Kleider, Schuhe, Decken hatten die Frauen vor unserem überstürzten Aufbruch in Brünn bei tschechischen Verwandten deponiert.

Meine Mutter und Tante K. wurden von der Kommandantur zur Arbeit eingezogen. Erst säuberten sie Panzerwagen, danach schälten sie Kartoffeln in der Kasinoküche.

Fast immer brachten sie Neuigkeiten mit, Gerüchte. Daß die Amerikaner doch noch kämen. Daß die reichsdeutschen Flüchtlinge, die Piefkes, aus Österreich ausgewiesen würden. Daß die tschechische Grenze offen und ohne Schwierigkeiten mit den alten Pässen zu passieren sei.

Sie berieten, wer es versuchen solle, ob Mutter oder Tante K., waren sich nicht einig, flüsterten nachts weiter, und ich lauschte ihnen, angespannt, den Atem anhaltend. Tante K.'s bessere Tschechischkenntnisse gaben den Ausschlag. Der Junge solle sie begleiten, denn Frauen mit Kindern genössen eher Schutz.

Aber ich kann kein Tschechisch.

Du wirst den Stummen spielen, sobald ihr über die Grenze seid. Wer wird dich schon ansprechen. Mit der Babitschka kannst du dann wieder reden, in ihrer Wohnung.

Sie schnürten mir schon Tage vor der Abreise die Kehle zu, verstopften meinen Schlund.

Die Wörter blieben mir im Hals stecken, legten sich quer, schmerzten. Jede Silbe konnte mich verraten, jetzt schon. Die Sprachlosigkeit ergriff mich. Meine Verpuppung ging so weit, daß selbst Großmutter oder Mutter sich mitunter in einer Sprache an mich wendeten, die zu begreifen ich mich wehrte. Dann konnte es geschehen, daß Mutter mich an der Schulter packte, rüttelte und mich aus dem »dummen Spiel« zu reißen versuchte. Sie ahnten nicht, was sie mit mir angestellt hatten. Erst heute, indem ich davon erzähle, werde ich mir darüber klar: Ich verkörperte die Angst, die stumm macht.

Wir nahmen kaum Gepäck mit, da wir hofften, beladen zurückzukehren.

Diese Geschichte habe ich schon mehrfach erzählt, als Abenteuer, nicht aber als sprachlose Wanderung. Wir brauchten Tage, bis wir auf der Höhe von Znaim in die Nähe der Grenze gelangten. Ich schickte mich rasch in die Beschwernisse der Reise, zwängte mich wie Tante K. in überfüllte Waggons, kauerte auf den abrutschenden Kohlen eines Tenders, schlief in Kellern, in Ruinen, horchte mich um, ohne mich in Gespräche einzulassen, und erfuhr, wo das Rote Kreuz Essen verteilte, wann und an welchem Bahnhof ein Zug erwartet wurde.

Tante K. verließ sich auf mich. Wir verständigten uns durch Gesten und Blicke.

Auf freiem Feld stiegen wir aus, von dort mußten wir bis zum Grenzübergang laufen. Der Straßenstaub speicherte die Hitze, glühte fast. Es war ein flimmernder Schlauch, durch den wir taumelten. Jeder Schatten, in dem wir Zuflucht suchten, gleich ob ihn eine Häuserwand warf oder ein Baum, betrog uns. Selbst da brannte die Luft.

Plötzlich lief der Mann neben uns. Ich hatte nicht bemerkt, wann und wo er sich uns anschloß. Tante K. unterhielt sich mit ihm. Mir war es gleichgültig, worüber sie sprachen.

Der Mann glich keinem der Männer, die ich kannte. Er war kalt in der Hitze. Er trug einen hellgrauen Zweireiher, der untadelig saß und ohne jeden Flecken war. Seine Schuhe glänzten, als könnten sie den Staub abstoßen.

Später fragte ich Tante K., ob er sich vorgestellt habe. Sie nannte seinen Namen. Ich vergaß ihn gleich wieder.

Wahrscheinlich, weil ich mich vor ihm fürchtete, wendete ich keinen Blick von seinem Rücken. Ich lief hinter ihm und Tante K. her. In sein Gesicht schaute ich nur, wenn er zurückblickte oder wir kurz rasteten. Während ich mir die Gestalt zurückrufe und erneut das Gefühl habe, in einem riesigen, von Hitze erfüllten Raum eingeschlossen zu sein, beginne ich zu begreifen, was mich an ihm abstieß:

seine groteske Unangepaßtheit, seine Fremde. Er sah aus, als sei er direkt aus einem Salon in diese Öde geraten, und nahm sie einfach nicht zur Kenntnis. Der Mann flanierte. Nicht Bäume, ausgedörrte und häufig unbestellte Äcker und Felder säumten seinen Weg, sondern hohe Fassaden und Schaufenster.

Manchmal, erinnere ich mich, ließ ich mich zurückfallen, mich störte das unausgesetzte Geplauder in meinen Grübeleien. Während ich über den Mann nachdachte, übte ich mich weiter in der Rolle des Stummen. Ich sperrte meine Stimme im Kopf ein. Alle Gedanken, die laut werden wollten, trieb ich zurück. Die Anstrengung brachte eine Vision hervor: Ich war mir sicher, daß der Mann, kaum hatte er die Grenze, die dicke Linie zwischen Vertrautem und Fremdem überschritten, sich in Nichts auflösen würde. So, wie mir der Übertritt die Sprache rauben sollte.

Doch ehe wir die österreichisch-tschechische Grenze erreichten, gab er, dem ich viele Gemeinheiten, doch nie einen Anflug von Schäbigkeit zugetraut hätte, sich preis. Er zog uns ins Vertrauen, machte uns zu Mitwissern, lud uns seine Angst auf. Als ein Schild an der Straße die Grenze ankündigte, hielt er so jäh an, als durchfahre ihn ein großer Schrecken. In sein glattes Gesicht brach ein Ausdruck von Demut. Bei Tante K. entschuldigte er sich für den Aufenthalt, und dann bat er uns, auch mich, verschwiegen zu sein. Er fuhr mit den weißen, langfingrigen Händen in die Tasche seines Anzugs und zog Geldscheine heraus, bündelte sie, gab sie ohne Erklärung Tante K., setzte sich an den Straßenrand, zog die Schuhe aus, puhlte zerdrückte Zeitungsfetzen hervor, bat Tante K. um das Geld. Mit großer Sorgfalt schob er Schein für Schein in die Schuhe. Derart gepolstert zog er sie wieder an.

Kaum hatte er sich erhoben, verwandelte er sich von neuem in den Fremden, der uns freundlich beschwichtigte. Ich trottete hinter ihm her. Wahrscheinlich würden wir ihn nicht wiedersehen. Wahrscheinlich würde er hinter der Grenze in einem Waldstück verschwinden, aber in unserem Gedächtnis in anderer Gestalt fortleben, eine Fabelfigur, ein blessierter Märchenheld – ruckediguh, hab Geld im Schuh –, kein Wanderer, sondern ein bezahlter und bezahlender Verräter, einer, über den Zeitungen schreiben.

Was später auch geschah. Ein Schwarzhändler, war zu lesen, sei beim Grenzübertritt festgenommen worden, nachdem er seit Monaten Geld geschmuggelt habe. Es stand da nicht: in den Schuhen. Wir lasen es mit. Er konnte, nein, er mußte es sein. Er sollte uns nicht weiter in unseren Wanderträumen belästigen und verfolgen.

Die tschechischen Grenzbeamten, ältere Männer, waren besonders höflich und sprachen deutsch.

Sie befragten uns flüchtig und ließen uns ziehen, nicht ohne uns zu warnen. Es sei alles aus den Fugen, der Haß vieler Tschechen auf die Deutschen verständlicherweise groß. Die Grenzer rechneten sich offenbar nicht zu den Hassenden: sie blieben im Niemandsland neutral.

Wie lange wir bis nach Lundenburg, der ersten tschechischen Bahnstation, brauchten, welche Wege wir liefen, weiß ich nicht mehr. Der entsetzlich anstrengende Rückweg, unter sengender Sonne und in jeder Hand einen schweren Koffer, hat mein Gedächtnis besetzt. Nur die Einkehr auf einem Bauernhof habe ich nicht vergessen.

Das auf einem Hügel gelegene Gehöft schwamm im Licht vor uns, einmal nah, dann wieder unerreichbar. Wir hatten seit Stunden nichts getrunken. Tante K. fragte sich und mich wiederholt, ob der Hof bewohnt sei, ob von Tschechen, von Deutschen; ob sich womöglich russische Soldaten dort einquartiert hätten. Der Durst überwand die Angst; das letzte Wegstück rannten wir fast. Als wir das Hoftor passierten, tauchte eine Frau im Schatten der Scheune auf, wachsam, ließ uns auf sich zukommen und erwiderte mit einem Nicken Tante K.'s Gruß: Dobře den. Tante K. redete auf sie ein. Zum ersten Mal seit langem hörte ich sie wieder tschechisch sprechen. Tante K. redete so, als rufe sie jedes Wort mühsam aus ihrem Gedächtnis ab. Die Bäuerin trug eine Armbinde, auf die ungeschickt in schwarzer Farbe oder Tusche ein großes N gemalt war. Erst nach einer Ewigkeit – mir war, als habe Tante K. inzwischen in eine mir gänzlich fremde Sprache gewechselt – zeigte sie auf ihre Armbinde und sagte: Ich versteh Sie eh nicht. Sie müssen deutsch sprechen. Ich bin Deutsche, wie Sie sehen. Němec!

Sie sei allein auf dem Gehöft zurückgeblieben. Von ihrem Mann wisse sie seit langem nichts. Ihre beiden Kinder lebten bei Verwandten in Österreich, und die Männer vom Narodní vibor hätten ihr schon gesagt, sie müsse den Hof verlassen. Die Ziegen seien ihr geblieben.

Sie brachte Ziegenmilch und Brot. Mir wurde übel von der fetten, lauwarmen Milch. Ich rannte über den Hof hinter die Scheune, auf die Rufe der Frauen nicht achtend, übergab mich. Als ich zurückkehrte, saßen die Bäuerin und Tante K. an einem Tisch neben dem Hauseingang.

Hast du kotzen müssen? fragte die Bäuerin. Sie fragte so, als ob es die selbstverständliche Folge der Mahlzeit sei.

Ich war nicht wach. Ich schlief aber auch nicht. Ich saß bei den Frauen. Die Sonne fraß allmählich den restlichen Schatten.

Bis Lundenburg sei es nicht mehr weit, allenfalls zwei Stunden. Von dort fahre ein Zug nach Brünn. Wenn einer fahre.

Die Frau, ausgehungert vom Schweigen, redete

ohne Pause. Die Sätze fielen wie ein Netz über uns. Die Bäuerin wollte nicht allein gelassen werden. Wenigstens für diese Nachmittagsstunden nicht. Dann sind die Deutschen durchgekommen, sagte sie, die Unseren; hernach sind die Russen durchgekommen, sagte sie; dann sind die Deutschen wieder durchgekommen, sagte sie; kaum sind sie fortgewesen, sind die Tschechen durchgekommen, sagte sie; und nach den Tschechen sind die Russen wieder durchgekommen. Während sie redete, zogen vor meinen Augen Männer in wechselnden Uniformen über den Hof, die Züge kreuzten sich wie auf einer Spielfläche, ohne daß sie in Unordnung gerieten, und in einer Mitte, die die Soldaten ausließen, wie einen verabredeten Punkt, saß die Frau, ausgespart und dennoch notwendiger Bestandteil eines Spiels.

An die Bäuerin erinnere ich mich genau so deutlich wie an die brüchige, unter jedem Schritt knirschende Holzbrücke über einen Bach, wie an die drei frischen, russischen Soldatengräber, wie an den Riß in der Decke über unserer Schlafstätte in Laa, wie an die schwarzen, makellosen Schuhe, die mit Geldscheinen gepolstert wurden, wie an die krustigen Mundwinkel des Mannes, der plötzlich im Zug auf mich einredete, auf mich Stummen, wie an die Wellblechhütte, in der wir auf dem Bahnhof in Lundenburg Zuflucht suchten, wie an das von Erschöpfung leere, dem Tod nahe Gesicht der Polin im Wartesaal – ich erinnere mich an sie wie an Gegenstände, die ich im Vorbeigehen berührte und die eine Art Ausschlag auf meiner Haut zurückließen.

Beim Abschied zeigte die Bäuerin auf die weiße Armbinde mit dem großen N und sagte: Das haben wir nun davon.

Du hättest ohne Gefahr sprechen können, da oben, sagte Tante K.

Sie irrte. Schweigen war keine Rolle mehr. Ich redete. In meinem Kopf tönte meine Stimme laut, eine Stimme, die nur ich hörte.

Der Bahnhof von Lundenburg, den ich mir als rettende Bleibe gewünscht hatte, glich einer Karawanserei. In allen Räumen drängten sich Menschen. Alle, ob Alte, ob Kinder, schienen von einer vorausgegangenen Tortur ausgemergelt, schliefen im Liegen, im Sitzen, im Stehen. Einige hielten in ihren Händen kleine weißrote Fahnen. Manchmal sprachen sie im Schlaf, schrieen träumend auf, und der Schock lief, gleich einer schnellen, Schmerz hervorrufenden Welle durch die Menge.

Einen Bahnbeamten, der sich uns verärgert näherte, stimmte Tante K. mit ihrem mangelhaften Tschechisch erstaunlicherweise um. Wir dürften uns als Deutsche hier auf keinen Fall länger aufhalten, sagte er. Es seien von den Deutschen deportierte Polen, die auf einen Transport in ihre Heimat warteten.

Er führte uns aus dem Gebäude hinaus, über die Geleise, zu einer Wellblechhütte, in der wir die Nacht zubrachten, bis der Zug nach Brünn kam, im Morgengrauen, und ein Bahnarbeiter uns holte.

Diese Hütte steht noch in meinen jüngsten Träumen, abschreckend und aufgefüllt von einer undurchlässigen Schwärze in einer weiten Ebene.

Im Zug bekamen wir keine Sitzplätze. Die Strecke bis Brünn verbrachten wir im Gang auf Koffern, stellten uns schlafend oder schliefen tatsächlich. Mir schien, als seien die Mitreisenden besonders gesprächig und empfänden mein Schweigen als Störung. Ihre Sätze prasselten auf mich herunter wie Steine. Ich duckte mich. Mein Gaumen schloß sich noch fester, meine Zunge wurde noch dicker. Als ich mich aufrichtete, um nicht zu ersticken, beugte sich der Mann, der neben mir an der Abteiltüre lehnte, zu mir nieder, fragte erst leise, dann lauter – seine Stimme drängte vorwurfsvoll. Tante K. stellte sich mit solcher Inbrunst schlafend, daß sie ein Aufstöhnen nicht unterdrücken konnte. Der Mann gab nicht nach. Sein Gesicht drängte sich gegen meines. Die Zunge quoll mir zwischen den Zähnen hervor. Ich schüttelte den Kopf, zeigte auf meinen Mund. Endlich begriff der Mann. Er ließ von mir ab. Ich sackte in mich zusammen und hätte, wäre ich nicht dazu verurteilt gewesen, stumm zu bleiben, am liebsten aufgeheult wie ein Hund.

Die angeheiratete tschechische Großmutter, die Babitschka, trieb mich, nachdem ihr Tante K. unsere Abenteuer erzählt und ich noch immer kein Wort herausgebracht hatte, unverzüglich in die Badewanne. Offenbar hoffte sie, der nach Kräutern duftende Dampf taue mich auf. Das geschah.

Sie verließ das Bad. Und mir erging es wie dem treuen Heinrich im Froschkönig. Die eisernen Ringe um meine Brust brachen. Aber ich wäre nie zu dem erlösenden und erleichternden Gespräch mit meinem Herrn fähig gewesen. »Nein Herr, der Wagen nicht.« Es pfiff und stöhnte aus mir. Ich streckte mich und verlor das Bewußtsein.

Wie Tante K. mir später auf der Rückwanderung erzählte, hätten sie, Babitschka und Tante Manja mich ins Bett geschleppt und beraten, ob ein Arzt gerufen werden solle. Sie hätten es nur unterlassen, da ich allmählich ruhiger zu schlafen begonnen habe. Von meinen Träumen ahnten sie nichts. Träume, in denen ich mich von einem Bauernhof zum andern schleppte, stumm, Beine am Leib, die sich maschinengleich bewegten. Träume von dem Mann, der aus dem Nichts auf die Straße springt, mir die Schuhe, alberne Geschenke der Winterhilfe, auszieht und meine Tasche mit Geldscheinen vollstopft. Ich fühle Scham wie eine brennende Haut.

Diese Träume kann ich, wenn ich will, im Halbschlaf abrufen. Es sind Träume von Träumen. So, wie ein Echo leiser wird, werden auch die Szenen durchscheinender und matter. Ihre Nähe läßt nach. Damals habe ich, der Sprache künstlich beraubt, jene Fremde erfahren, die mich später, als ich das Eingangslied der ›Winterreise‹ zum ersten Mal hörte, so unvorbereitet ergriff. Ich war ausgesetzt gewesen. Aber, das ist mir inzwischen klar, die Fremde ist das Normale. Wenn wir meinen, wir tauschten uns aus, treiben wir wie Inseln nebeneinander oder auseinander. Wir *kommunizieren*. Dieser den Austausch von Erfahrungen und Empfindungen aufs Mechanistische herabmindernde Ausdruck offenbart unsere Hilflosigkeit vor der Fremde des andern. Wir kommunizieren.

Allein die Kunst durchbricht in Augenblicken, in denen wir unsere Wachsamkeit aufgeben und uns sehend, lauschend, lesend ergeben, die Monadenwand.

Dieses »Fremd«, diese von einem einsilbigen, aber unendlich sinnerfüllten Wort besetzte Note Es durchdrang im Konzertsaal die schützende Haut, und ich nahm den Fremden in mein Gedächtnis auf, machte ihn mir, mithilfe der magischen Musik, vertraut: den Wanderer mit dem Geld in den Schuhen, die Bäuerin auf dem verlassenen Hof, die schlafenden Polen, den fragenden Mitreisenden und sogar Babitschka, die mich aus dem Schlaf weckte.

Sie sagte: Beinahe wärest du mir gestorben. Was soviel bedeutete, daß sie, allein sie, mein Leben in der Hand hatte. Wie sonst hätte ich *ihr* sterben können?

Nach drei Tagen machten wir uns, erholt durch die Aufmerksamkeiten der Brünner Verwandten, auf den Rückweg.

Babitschka starb 1949. Das erfuhren wir erst viel später. Ich halte sie mir am Leben. Bei ihr gelingt es mir, ihr Andenken mit meiner Phantasie zu erfüllen, ohne daß ich fürchten müßte, sie ihres Wesens zu berauben. Das hat einen einfachen Grund. Sie behandelte mich als ihresgleichen, nicht als Kind. Ich brauchte mir über ihre Gedanken keine Gedanken zu machen, denn sie war in ihrer Fremde eigentümlich keusch, darum liebte ich sie wie ein Bild, ein Gedicht, ein Lied.

Wie Tante K. mußte ich zwei Koffer schleppen, auf dem Rücken einen kleinen Rucksack. Das Gepäck verriet uns zwar als »Wanderer«, als Flüchtlinge, doch da viele gleich uns unterwegs waren, in Gruppen und allein, blieb es Zufall, wer von der Polizei, von Soldaten oder von Zivilisten, die sich eine Ordnungsrolle anmaßten, festgehalten und mitgenommen wurde.

In Lundenburg stiegen wir aus. Es schien mir, als habe sich der Bahnhof bei Tag ganz verändert. Die wartenden Polen hatte offenbar ein Zug mitgenommen. Das Wellblechhäuschen, das uns Schutz gewährt hatte, konnte ich nirgendwo entdecken.

Wir machten uns auf den Weg.

Ich war auf andere Weise stumm als bei der ersten Wanderung. Als hätte ich Routine gewonnen, fiel es mir leicht, Selbstgespräche zu führen. Ich schwieg ohne Schrecken, war aber auch gleichgültiger. Das Gewicht der Koffer nahm mir mit der Zeit jedes Gefühl für den Körper. Es war gleichgültig, ob ich unter Schmerzen litt oder nicht.

Der Bauernhof war nun auch von der Frau verlassen. Wir legten keine Rast ein, zogen schnell weiter. Die Blasen an den Händen sprangen auf, begannen zu bluten. Die wiedererkannten Wegmarken zeigten an, wie weit wir es noch bis zur Grenze hatten.

Von den Soldatengräbern bis zur hölzernen Brücke; von der elend langen Waldschneise bis zur Baracke der Zöllner.

Ich hatte mich mit der Wortlosigkeit abgefunden, mit dem Schweigen, es machte mir das Schleppen der Koffer erträglicher.

An der Grenze hatten die Posten gewechselt. Die neuen blätterten lang in Tante K.'s Papieren, durchsuchten das Gepäck; ich mußte meine Hosentaschen leeren; schließlich stellten sie fest, daß wir »außer persönlicher Habe« nichts mit uns führten. Bei den österreichischen Grenzbeamten wiederholte sich die Prozedur. Auch hier blieb ich stumm, obwohl Tante K. mich aufforderte, endlich den Mund aufzumachen. Noch konnte ich nicht reden. Ich würde, das wußte ich, nur ein unartikuliertes Geräusch zustandebringen. Es bedurfte eines Anstoßes.

Den erfuhr ich zwei oder drei Tage darauf. Nachdem wir in einem Keller und in einer Scheuer übernachtet, fast menschenleere Dörfer passiert hatten, erreichten wir endlich Laa an der Thaya. Nur der Bahnhof war für uns wichtig. Dort hofften wir, einen Zug zu bekommen, der uns in die Nähe von Zwettl brächte. Wir waren nicht die einzigen, die diese Hoffnung hegten.

Es gab im Wartesaal genug Platz. Wir konnten uns hinter unseren Koffern verschanzen.

Mich hielt es nicht lang in dem stickigen, nach Schweiß, ungewaschenen Leibern und Urin dünstenden Raum. Ich lief hinaus, erkundete das Terrain und entdeckte vor einem Schuppen auf den Geleisen, zur Abfahrt bereit, eine Draisine. Noch nie hatte ich ein solches Fahrzeug gesehen. Es glich einem riesigen, hochgebockten Holländer und es ließ sich auch, indem man einen langen Hebel nach vorn drückte und wieder an sich zog, fortbewegen. Nach der langen trockenen Hitze waren Wolken aufgezogen. Es hatte in dicken Tropfen zu regnen begonnen. Ich bestieg das Gefährt, setzte mich auf die Bank, zog prüfend an dem Hebel, bemerkte, daß ich die Bremse lösen mußte, zog ein weiteres Mal. Ich stieß den Hebel nach vorn – das Fahrzeug setzte sich in Bewegung. Das unbändige Glücksgefühl, das mich ergriff, ließ mich alle mög-

lichen Gefahren vergessen. Daß ein Zug mir ent-
gegenkommen, daß eine Weiche falsch gestellt sein
könne. Ich fuhr, nein, ich bildete mir ein, ich raste
schneller als jeder Zug, jedes Auto. Ich wiegte mich
mit dem Hebel, und in meiner Vorstellung ritt ich
auf meinem Hochsitz unerreichbar für die andern.
Der Fahrtwind schlug mir den Regen ins Gesicht,
wusch mich, ich fing an, gegen den Wind zu
reden, zu rufen, zu schreien, berichtete mir meinen Triumph, meine Macht. Die Fahrt hatte mein
Schweigen gebrochen. Erst als die Draisine über
eine Weiche schleuderte, kam ich zu mir, bremste
und schob das schwere Gefährt – da ich nicht
wußte, ob es auch rückwärts fahren könne – über
die Weiche auf das Ausgangsgleis zurück.

Auch in den nächsten Tagen durfte ich auf dem
Abstellgleis fahren. Der Bahnhofsvorsteher erlaub-
te es mir. Bald gesellten sich andere Kinder dazu,
und ich überließ ihnen den treibenden Hebel. Ich
war längst erlöst.

So endete meine einzige, große Wanderung.

Mit ihr hörte ich auf, ein stummer Wanderer zu
sein. Später merkte ich, daß ich einige Wörter,
die ich vorher kindlich und auftrumpfend ge-
braucht hatte, dennoch im Schweigen verwahrte,
Wörter wie Führer, Krieg, Kampf, Endsieg. Sie liegen seither wie eingewachsene Gräten in meinem
Schlund.

Es kam ein Zug. Er nahm uns mit.

3

Die zweite, zeitgenössische Völkerwanderung setzte vor allem in Europa allmählich ein. Fast immer hatte sie mit Ordnung und Umordnung, mit Verordnungen und Verirrungen zu tun. Nie mit Sehnsucht, mit Fernweh. Stets mit Angst, Habgier, Pression und mörderischem Wahn. Der Wanderer wird zum Auswanderer, zum Emigranten, zum Flüchtling, zum Verschleppten.

Kein Epos hätte Raum, sie alle aufzunehmen. Wer von ihnen berichtete und dabei eine Karte Europas vor Augen hätte, müßte sich vorkommen wie eine gewaltige Spinne, die ihr Netz über den ganzen Kontinent auslegt, und jeder einzelne Faden in diesem Geweb zeichnete die Spur von Flucht, von Deportation und Umsiedlung.

Bis in das achtzehnte Jahrhundert war der Wanderer eine alltägliche Erscheinung. Jemand, der zu Fuß unterwegs ist, dem es an Geld mangelt für ein Pferd, für einen Wagen. Er schlägt sich mit der Natur, wenn sie sich ihm widersetzt, bedient sich ihrer, wenn er sie braucht. Doch immer ist sie nah, hilfreich und gefährlich. Sie wird angesprochen, angefleht, auch verflucht. Die Bewegung nimmt mit und verliert. Das Momentane bestimmt das Befinden. »'s war der herrlichste Sommertag. Bei solcher Witterung, in einer so reizenden Gegend und in so herzlicher Gesellschaft hätte ich gewünscht die Welt zu durchwandern. Allein das Allerangenehmste wechselt immer mit dem Unangenehmen ab, und beides sind nur vorbeyrauschende Augenblicke.« Der arme Mann aus dem Toggenburg, Ulrich Bräker, ein Wanderer aus Leidenschaft und aus Not, hat den Wechsel, die Flüchtigkeit von Flucht und Zuflucht vielfach erfahren. Aufzubrechen und oft zufällig anzukommen, gehört zu seinem Alltag. Wie auch die Wanderung aus dem Frieden in den Krieg.

»Bisher hatt' ich immer noch die Hofnung, vor einer Bataille zu entwischen; jetzt sah ich keine Ausflucht mehr weder vor noch hinter mir, weder zur Rechten noch zur Linken. Wir rückten inzwischen immer vorwärts. Da fiel mir vollens aller Muth in die Hosen; in den Bauch der Erde hätt' ich mich verkriechen mögen, und eine ähnliche Angst, ja Todesblässe, las man bald auf allen Gesichtern, selbst deren, die sonst noch viel' Herzhaftigkeit gleisneten. Die gelärten Branzfläschgen (wie jeder Soldat eines hat) flogen unter den Kugeln durch die Lüfte, die meisten soffen ihren kleinen Vorrath bis auf den Grund aus, denn da hieß es: Heute braucht es Courage, und Morgens vielleicht keinen Fusel mehr.«

Und Bräkers Vorgänger Grimmelshausen führt hundert Jahre früher, in der ersten Hälfte des siebzehnten Jahrhunderts, vor, wie dem Wanderer Weg und Zeit unter den Schritten schrumpfen, weil der

Gang, egal ob durchs Vertraute oder Unvertraute, zum Maß von Weg und Zeit wird, weil er die selbstverständliche und »angemessene« Bewegung ist:

»Ich war drei Jahr und etlich Monat ausgewesen, in welcher Zeit ich etliche unterschiedliche Meere überfahren und vielerlei Völker gesehen, aber bei denselben gemeiniglich mehr Böses als Gutes empfangen, von welchem allem ein großes Buch zu schreiben wäre: indessen war der Teutsche Fried geschlossen worden, also daß ich bei meinem Knan in sicherer Ruhe leben konnte; denselben ließ ich sorgen und hausen, ich aber setzte mich wieder hinter die Bücher, welches denn beides meine Arbeit und Ergötzung war.«

In meinem Exemplar des Simplicissimus unterstrich ich, ohne zu ahnen, daß mir die Hervorhebung einmal helfen könnte, »bei denselben gemeiniglich mehr Böses als Gutes empfangen«. Wahrscheinlich erschreckte mich damals die Lakonie, mit der die Erfahrung der Fremde verzeichnet wird, eben die Erfahrung des Wanderers: so nebenbei.

Heute, da »Fremde« mit Flugzeug, Auto oder Zug in Stunden, allenfalls in wenigen Tagen zu erreichen (und eben nicht mehr zu entdecken) ist, da das Fernsehen »Fremde« Bild für Bild trivialisiert, verstehen wir das Wort anders. Es ist in unseren Köpfen seit Grimmelshausen und Bräker mehrfach gewendet worden.

Der Dichter der ›Müllerlieder‹ und der ›Winterreise‹, dem Heine, ihm im aufreibenden Unterwegs verwandt, seine Bewunderung zollte, schickte sich selbst einen Wanderer voraus, der bereits
aus der Realität in die Kunst geschlüpft war, eine
Kunstfigur, sich selber fremd. Die Wanderer nach
ihm, die unseres Jahrhunderts, sind, bevor sie aufbrachen oder zum Aufbruch gezwungen wurden,
schon an dem Ort, an dem sie bei sich hätten sein
sollen, fremd gemacht worden.

Je kleiner unser Planet durch Wissen, Nachricht
und Verkehr wird, je weniger zu erkunden, zu entdecken ist, um so mehr wird der Wanderer eine
von der Politik aufgerufene und mißbrauchte Existenz. Wie weit entfernt voneinander sind in ihren
Hoffnungen und Bedrängnissen Goethes Auswanderer von Brechts Flüchtlingen. Mischten sich die
einen in der andern Gespräch, sie würden einander
nicht verstehen.

Von einer unendlich entrückten Stimme gesungen, wird das erste Lied der ›Winterreise‹ zum
Echo in einer Geschichte, die mehr und mehr ver-
roht.

4

Es sind nicht einmal Stichworte, die ich mir aufschreibe. Nur Ortsnamen, Namen von Winterstädten: Treblinka, Lidice, Auschwitz. Rund um den Planeten schänden sie die Erde.

Aber da redet schon eine Stimme quer, erzählt eine Geschichte, die vorausging, eine Anekdote, die Fremde als Schatz bewahrt.

Es ist im Sommer 1967 in Berlin. Ich höre dem Religionswissenschaftler Jacob Taubes zu, dem glühenden, aufsässigen Sohn eines Rabbiners. Wir haben uns mit Freunden, Peter Szondi und Hellmuth Jaesrich, bei Habel am Roseneck getroffen.

Erst vor wenigen Tagen sei er aus Madrid zurückgekehrt, erzählt Taubes. Er habe an einem Kongreß teilgenommen. Ungern und bedrückt sei er nach Spanien gereist, in das Land Francos (der damals noch regierte), in die Vergangenheit der Inquisitoren, die die sefardischen Juden gemetzelt und vertrieben hätten.

Ich habe eine Spur gefunden, erzählte er, eine rührende Bekundung von Treue, die ich nie vergessen werde. Den Abend vor meiner Heimreise war ich eingeladen von einem Kollegen, einem jener arroganten und kämpferischen Katholiken, wie sie in Spanien nicht selten sind, am Sabbat-Abend. Die Tafel war festlich für eine kleine Gesellschaft gedeckt. Wir vertrieben uns, ehe serviert wurde, mit belang-

losen Gesprächen die Zeit. Als die Bedienerin auf-
trug, zündete die Dame des Hauses die Kerzen auf
einem Leuchter an. Es war, erzählte er, unverkenn-
bar eine sehr alte, edle Menora. Ich erschrak, unter-
drückte aber meine Neugier, fragte nicht. Erst als
wir uns nach dem Essen in einen Salon begaben, die
Kerzen gelöscht waren, erzählte er, und die junge
Frau und ich nebeneinander standen, äußerte ich
meine Bewunderung über den wertvollen Leuchter.
Ich schien ihr ein Stichwort gegeben zu haben, auf
das sie wartete. Nicht wahr, sagte sie und senkte
dabei die Stimme – offenbar wollte sie von den anderen nicht gehört werden –, es ist ein wunderschöner
Leuchter. Und Sie haben das Glück, ihn mit brennenden Kerzen gesehen zu haben. Denn ich zünde
die Lichter nur an bestimmten Tagen an. Auch nicht
alle acht, sondern zwei, höchstens drei. Die wärmenden Kindersätze vom Sabbatbeginn gingen mir
durch den Kopf. Geht der erste Stern auf, eine halbe
Stunde vor Sonnenuntergang, beginnt der siebte
Tag, Gottes kostbares Geschenk. Ein Erbstück,
sagte die Frau. Vorsichtig fragte ich sie, welche
Erinnerung sich ihr mit dem Leuchter verbinde. Sie
gab mir, erzählte er, eine verblüffende Antwort: eine
Erinnerung sicher auch. Meine Mutter hat mich
angewiesen, wann ich die Kerzen anzünden dürfe,
so wie sie von ihrer Mutter angewiesen worden war.
Aber, Herr Professor, fügte sie hinzu, es ist im Grunde keine Erinnerung, viel eher ein Brauch, ein in der

37

Familie seit eh und je geübter Brauch, so hübsch, daß ich ihn auch meiner ältesten Tochter weitergeben werde. Ich hatte mich noch erkundigen wollen, ob ihr gelehrter Mann sich je über diesen hübschen Brauch geäußert habe. Dazu kam ich nicht mehr, sie ließ mich stehen. Vermutlich war diese Frau die späte, erinnerungslose Nachfahrin von Juden, die sich, um davonzukommen, hatten taufen lassen, ein halbes Jahrtausend davor. Eine Wahrheit, sagte er, von Unwissenden weitergegeben. Sie ahnen nicht einmal den Einbruch von Fremde, sie empfinden längst keine Todesangst mehr, nur die Menora leuchtet in ihrer rettenden Amnesie.

Szondi wehrte sich, die Erzählung vermittle eine falsche Hoffnung. Noch immer lebten ungezählte Täter, unerkannt, geschützt oder wieder in Rang und Amt. Er zitierte ein Gedicht Paul Celans. Welches weiß ich nicht mehr. Vielleicht dieses, weil er aufgebracht auf den Widerspruch hinweisen wollte zwischen schönem (Kerzen)Schein und vergessener Todesangst:

> »TAU. Und ich lag mit dir, du, im Gemülle,
> ein matschiger Mond
> bewarf uns mit Antwort,
> wir bröckelten auseinander
> und wir bröselten wieder in eins:
> der Herr brach das Brot,
> das Brot brach den Herrn.«

Ich mischte mich nicht ein. Die beiden waren sich, selbst wenn sie stritten, zu vertraut. Was sie einander vorwarfen, trennte sie nicht. Davor bewahrte sie eine gemeinsame Vergangenheit. Sie hatten als Kinder jüdischer Emigranten zusammen in den Gassen Zürichs gespielt. Wenn sie davon sprachen, vereinten sie sich im Bubengelächter.

Szondi ging, wie Celan, ins Wasser. Das Elend einer unwahren Geschichte erzürnte ihn und brachte ihn um. Er war fremd gemacht worden und nun wollte er es bleiben.

Mit Szondi hätte ich über den Wanderer nachdenken wollen, über die ›Winterreise‹, über den Fremden. Mit Taubes auch.

5

So komme ich nicht weiter. Ich müßte Gleichzeitigkeit schreiben, unvereinbare Bilder ineinanderschieben, Stimmen zusammenführen können. Mein Wanderer ist schon fremd geworden. Zum einen ist er ein schlichter Reisender, zum andern hat ihn die Kunst aufgenommen. »Vor meines Vaters Mühle ...«: So verabschiedet sich einer, der gedacht ist, von einem Bild, das er sich ausgedacht hat.

Ein Jahrhundert später genügt einer Generation, die sich zum ersten Mal wissentlich in den technischen Fortschritt verstrickt sieht, die Metapher vom Wanderer nicht mehr. Sie ergänzt sie euphorisch, definiert sich als »Wandervogel«. Da taucht ein Begriff auf, der wie eine verwüstende Seuche um sich greift: Bewegung. Die Jugend*bewegung.* Sie strebt in die Natur, die artifiziell aufgebaut wird, eine geliehene Natur mit Jurten und Flechten. Im Vergleich zu den Naturszenen Eichendorffs, Müllers, Heines, Mörikes verarmt und schlicht; im Vergleich zu den Landschaften Hölderlins, Büchners banal.

Die Bewegung Hitlers profitierte noch von den Jugendbewegten, ihren verwaschenen Visionen eines von Luxus und Dekadenz freien Zeitalters, und sie waren es, die den Wanderer in die Kolonne riefen. Der Wanderer lernte marschieren. Viele mußten gar nicht gerufen werden. Der Tod fürs Vaterland ist für sie eine Auszeichnung gewesen. Sie memorierten pathetische Sätze von Walter Flex, dem »Wanderer zwischen zwei Welten«, und identifizierten sich mit den blind ins Sperrfeuer Stürmenden von Langemarck.

Wer nicht bereit ist, wird »fremd« gemacht. Das ist der Trick der Ideologen (und Theologen). Waren es ehedem Heiden oder Hexen – nun sind es Juden, Kommunisten, Christen, Sozialisten, Homosexuelle, Defätisten, Zigeuner, Freimaurer.

Die Juden allen voran. Sie gehören nicht dazu. Selbst wenn sie seit Jahrhunderten im Land ansässig sind, bleiben sie nach der Vorstellung Hitlers »artfremd«. Seine Anhänger, die nach seinem Tod oft verblüffend rasch ihre Ansicht wechselten, hat er über lange Zeit eingeschworen. Schon am 13. August 1920 kündigte Hitler in einer Rede in München »die Entfernung der Juden aus unserem Volke« an. Auf welche Weise das geschehen sollte, ließ er offen. Das ließ Joseph Goebbels, der am 30. Juli 1928 im ›Angriff‹ unter dem Titel ›Warum sind wir Judengegner‹ seine Leser unterrichtete, nicht offen. Er bereitete mit Vorsatz den Totschlag, den Genozid, vor:

»›Der Jude ist doch auch ein Mensch.‹ Gewiß, und niemand von uns hat das je bezweifelt. Wir bezweifeln nur, daß er ein anständiger Mensch ist. Er paßt nicht zu uns. Er lebt nach anderen inneren und äußeren Gesetzen als wir. Daß er ein Mensch ist, das ist für uns nicht Grund genug, uns von ihm in der *unmenschlichsten* Weise unterdrücken und kujonieren zu lassen. Er ist ein Mensch, allerdings – aber was für einer. Wenn jemand deine Mutter mit der Peitsche mitten durchs Gesicht schlägt, sagst du dann auch: ›Danke schön, er ist auch ein Mensch?‹ Das ist kein Mensch, das ist ein *Unmensch*. Wieviel Schlimmeres hat der Jude unserer Mutter Deutschland angetan und tut es ihr heute noch an.«

Aus dem Vaterland, für das sich edel sterben läßt, wird die von Juden geschlagene, gedemütigte

Mutter. Bösartiger können Emotionen nicht geweckt werden. Ein ganzes Volk wird fremd gemacht. Hat es keiner von denen gelesen, die nicht einmal zwanzig Jahre später abstritten, etwas gewußt zu haben? Schwirrten diese mörderischen Gemeinheiten nicht durch die Luft?

Heute, da Historiker der Ungenauigkeit den Vorzug geben und dem Gedächtnis Nützlichkeit vorschreiben, erschreckt die nachgesprochene Wirklichkeit der Sätze von Goebbels mehr denn je. Sie stehen als buchstäbliche Zeugen auf gegen die Vernebler.

Fremd bin ich eingezogen, fremd zieh ich wieder aus. Habe ich mich allzuweit entfernt von meinem Lied? Ist es überhaupt erlaubt, der ›Winterreise‹ diesen Hintergrund zu geben? Ist der Wanderer nicht ein harmloses und deshalb unpassendes Zitat?

Ich denke mir, am selben Tag, als Goebbels' unverhohlene Drohung zu lesen war, wurde in Berlin, in Dresden oder in München die ›Winterreise‹ gesungen – vor einem Publikum, das sich (noch) geweigert hätte, solche Schändlichkeiten mitzudenken.

»Am Brunnen vor dem Tore / Da steht ein Lindenbaum«, oder: »Vom Abendrot zum Morgenlicht / Ward mancher Kopf zum Greise«, oder: »Der du so lustig rauschtest, / Du heller, wilder Fluß, / Wie still bist du geworden, / Gibst keinen Scheidegruß.«

Alfred Polgar fügte eine Strophe aus dem verfinsterten Geist unseres Jahrhunderts hinzu. Er hatte von einem Mann gehört, der über den Rhein in die Schweiz fliehen wollte, hinterrücks in den Fluß gestoßen worden war und ertrank – vor den Blicken Untätiger auf beiden Ufern: »Ein Mensch fällt in den Strom. Er droht zu ertrinken. Von beiden Landseiten springen, eigener Gefahr nicht achtend, Leute ins Wasser, ihn zu retten. / Ein Mensch wird hinterrücks gepackt und in den Strom geworfen. Er droht zu ertrinken. Die Leute auf beiden Seiten des Stroms sehen mit wachsender Beunruhigung den verzweifelten Schwimmversuchen des ins Wasser Geworfenen zu, denkend: Wenn er sich nur nicht an *unser* Ufer rettet.«

Fremd gemacht, fremd geworden und zum Tode verurteilt.

Aus der Schweiz, dem schwierigen Exil, schrieb der vormalige, von den Hitlerleuten entlassene Theaterintendant Gustav Hartung im August 1933 an Freunde in Deutschland: »Hängt nicht an Deutschland, wir werden *fremd* dort sein, auch wenn ein Umsturz kommt, weil wir den Menschen, die das glauben konnten (…) nicht mehr trauen können.« Er irrte. Nach dem Krieg beteuerte jeder – vom Henker bis zum Henkersknecht, vom Vorläufer bis zum Mitläufer –, »das« nicht geglaubt zu haben. Und er hatte doch recht: Die verleugnete Geschichte läßt die fremd Gewordenen nur noch fremder sein.

Fremd bin ich eingezogen, fremd zieh ich wieder aus.

Kann es sein, frage ich mich, daß manche bereits fremd waren, das heißt: sich fremd fühlten, ehe die Ideologen begannen, sie fremd zu machen? Tucholskys frühe Abwendung von Deutschland, sein Ungenügen an der Heimat, die er liebte, sind ein Beispiel, und sein Kränkeln in der »Fremde«, das wiederum nur Ausdruck seines Heimwehs war, widerspricht dem nicht.

Er war ein Wanderer wie viele. Ich denke an den verwachsenen Poeten Max Herrmann-Neiße, dessen Exil-Gedichte sich wie eine neue, eine zweite Winterreise lesen, ohne daß den Wanderer am Ende der Leiermann erwartet, der seine Lieder aufnimmt und wiederholt. Max Herrmann-Neißes Wanderung hat ein ungewolltes Ziel: »Zwischen lauter Einsamkeiten / geht mein Leben fremd zu End.«

Fremd bin ich eingezogen, fremd zieh ich wieder aus.

Menschen wurden vertrieben, verschickt, verschoben. Überall in Europa, früher oder später, brachen sie auf, wurden sie in Gettos zusammengepfercht, mit Transporten in Konzentrationslager gebracht. Die Juden aus fast allen Ländern Europas. Russen, Polen und andere als *Fremd*arbeiter:

Wie böswillig genau ist diese Bezeichnung in ihrer Sachlichkeit. Es gab auch Umsiedler. Deutschstämmige Bauern, die aus Ruthenien und der Wallachei auf polnische Höfe geholt und ein paar Jahre später wieder von ihnen vertrieben wurden. Es gab die einen, die sich »verpflichteten«, und die andern, die, »fremd« aus der Pflicht entlassen, in die Fron genommen wurden. Es bedurfte keiner Verabredung. Mit einem Mal waren der jüdische Anwalt, die Nachbarin, die kommunistische Abgeordnete fremd. Sie waren befallen von einer politisch verordneten Krankheit. Man ging ihnen aus dem Weg. Feigheit und Selbsterhaltungstrieb wurden zum Instrument der Machthaber.

Ein paar Wochen lang begegnete ich auf meinem Schulweg einem jüdischen Jungen. Er trug den gelben Stern. Sobald ich den Jungen sah, ging ich langsamer oder schneller, je nachdem. Ich hielt auf Distanz. Das, obwohl meine Eltern über ihre jüdischen Freunde sprachen, obwohl ich wußte, daß Tante Manja den Schmuck und andere wertvolle Gegenstände aus dem Besitz von Mizzi Hribasch, die nach Theresienstadt deportiert worden war, verwahrte und daß ich es auf keinen Fall jemandem sagen dürfe. Das bessere Wissen war nicht das mächtige Wissen.

Fremd bin ich eingezogen, fremd zieh ich wieder aus.

6

Auch ich war von den Nazis fremd gemacht worden. Fremd gegen meine Eltern, gegen meine tschechischen Verwandten. Sie widersprachen mir, belehrten mich in aller Freundlichkeit, aber ich zog mich auf die Parolen zurück, die mir von »Führern« eingeredet worden waren. Mir, dem Zehnjährigen, leuchtete das primitive, unmenschliche Raster der Welt-Anschauung ein: entweder *für* uns oder *gegen* uns.

Den Wanderern, den »Fremden« galt unsere Verachtung. Entweder mußten sie schon von Geburt unter diesem Makel leiden, oder sie dachten verkehrt; es war ihre Schuld, daß sie nicht dem Führer folgten, sondern kommunistischen, sozialistischen, christlichen Verführern.

Wir taten Dienst.

Wir trugen die Kluft.

Wir »stählten« unsere Körper und ließen unseren Verstand – oder unseren Geist, wie pathetisch behauptet wurde – »schulen«. Dafür sorgten die Lehrer, die Führer beim Jungvolk, Offiziere, die uns in Vorträgen auf den »Dienst an der Waffe« vorbereiteten. Wir lebten und spielten von Parolen umzingelt und merkten es nicht. Brach jemand mit einer Frage, einem Zweifel in diese von einem eisernen Wahn gelähmten Hirne ein, wurde er verhöhnt oder denunziert.

Der Wanderer blieb für mich eine ferne, schemenhafte Erscheinung. Und doch kam mir die Fremde unversehens nah. Zum Beispiel, wenn ich meinen tschechischen Onkel – Onkel Beppo – in Brünn besuchte.

Er verkörperte den Wanderer, den Fremden. Seine Unrast war nicht nur mir unheimlich, auch seinen Nächsten, der Babitschka, Tante Manja, Tante Lotte. Er ging keinem Beruf nach. Die Tuchhandlung der Familie war von einem Deutschen konfisziert worden. Offenbar genügten Mieteinnahmen aus einem großen Häuserblock an der Gröna. Er malte mit feinstem Pinsel die Bildnisse schöner Damen aus dem achtzehnten Jahrhundert – »fast alle haben sie den Kopf verloren, Bub, so oder so« – auf Elfenbeinplättchen, setzte in geschliffenen Karaffen Liköre an, die in den absonderlichsten Farben glühten, fuhr mit seinem Freund Waldhans jagen oder fischen, traf sich konspirativ mit Bekannten, kannte sich aus in der Literatur, der bildenden Kunst, der Musik und der Physiologie von Schwindsüchtigen, da er selbst unter dieser Krankheit litt, und hatte, wie er wiederholt erklärte, »einen Pik« auf alle, die sich aus unerfindlichen Gründen von einem miserablen Aquarellisten kujonieren lassen und überhaupt den Verstand verloren haben. Obwohl er auf der Straße oder im Caféhaus kaum ein deutsches Wort über die Lippen brachte, bildete er verblüffende

Sätze in meiner Sprache. Das bedeutete keineswegs, daß ich sie begriffen hätte.

Als nach dem Attentat auf Heydrich, Hitlers Statthalter in Prag, die Männer Lidices – dem Dorf, aus dem die Attentäter stammten – von einem SS-Kommando umgebracht wurden, weinte er. Ich sah ihn, dünn und mit wächsernem Gesicht, verkrümmt auf dem Stuhl neben dem Grammophon sitzen und wußte nicht, wie ich, ein zukünftiger Soldat des Führers, mich zu verhalten hatte, wenn ein Mann weint.

Es gelang ihm, Kavernen in meinem Gedächtnis von braunem Unrat zu räumen. Damals ahnte ich es nicht. Heute danke ich es ihm. Er sprach nicht, er half sich (und mir) mit Musik. Seine Schwäche für langsame, melancholische Sätze wirkte Wunder. Nicht der Stiefeltakt der Märsche riß mich mit, sondern der ausholende Gesang von Geigen, von Hörnern, böhmischen Geigen und Hörnern. Dvořáks Neunte, ›Aus der Neuen Welt‹, werde ich nie mehr so hören wie bei ihm und mit ihm. Ehe er die Platte auflegte, erzählte er, und ging im Wohnzimmer auf und ab, der Meister (er sagte Meister: schon dieses »fremde« Wort stimmte mich ein) erinnere sich in dieser Symphonie an Amerika, an seine Begegnungen mit Indianern, deren Liebe zur Natur, die er bewundert habe.

Auf das Largo war ich nicht gefaßt. Kein Getöse. Ein Lied. Ein nicht enden wollendes Lied. Unbe-

greiflich vollkommen. Als habe jemand wie zufällig zu singen begonnen. Ich bat Onkel Beppo,
es noch einmal zu spielen. Ich bin sicher, er hat
das als Sieg ausgelegt. Auch meine Vorliebe für
den zweiten Satz von Beethovens ›Pastorale‹. Da
könntest du dich wiegen und die Brust springt dir
auf, sagte er.

Sie sprang ihm auf. 1945, ein paar Tage nach der
Befreiung seines Landes, starb er an einem Blut-
sturz. Da kannte ich die ›Winterreise‹ noch nicht.
Aber er hatte mich auf sie vorbereitet.

Er könnte der dünne, fremde Mann im Musiker-
frack sein, den ich manchmal im Traum in einen
tiefverschneiten Hohlweg hineinwandern sehe.

Die Natur, hatte er einmal gesagt, ohne mich
anzusprechen, können sie nicht schänden. Nicht
einmal das Gras. Es richtet sich nach ihren Stiefel-
tritten wieder auf.

7

Es kommt vor – bei Wachträumen, telepathischen
Reaktionen –, daß uns der Gedanke durchzuckt,
das gleiche schon einmal erlebt zu haben, obwohl
die Erinnerung widerspricht. Offenbar wird eine
Schicht von lang unterdrückten Bildern und Wör-
tern freigelegt, und wir verhalten uns wie Som-
nambule. Müllers Wanderer weiß davon, und

Schuberts Musik nimmt dieses Vorwissen in Echos und Wiederholungen auf. Die Hast des Wanderers drückt auch seine Lust am Vergessen aus. Von Station zu Station, von Lied zu Lied.

Aber die Bilder lassen sich nicht löschen. Sie drängen sich ihm, gerade wenn er weit fort sein möchte, übermächtig und in der Wiederholung zwanghaft genau auf.

Wir wohnten in Olmütz über einer Passage zwischen Großem Ring (ein paar Jahre lang hieß er Adolf-Hitler-Platz) und der Wassergasse. Der mit Marmor ausgelegte Durchgang unter einem gewölbten Glasdach blieb bis zu unserem Abschied ein Eldorado für mich. Neben einem Gemüsegeschäft, einem winzigen Café und einem Delikatessentempel gab es ein Kino, das für mich zwischen 1943 und 1945 zur Zuflucht wurde. Ein von meiner Mutter subventionierter, sich mit magischen Bildern füllender Schlupfwinkel. Einige wenige Male mußte ich dienstlich das Kino aufsuchen, gemeinsam mit meinem Jungzug. Wir waren angehalten, unseren Durchhaltewillen durch Filme wie ›Junge Adler‹ oder ›Kolberg‹ stärken zu lassen.

Lieber saß ich allein in der ersten Reihe, die Leinwand hoch über mir, den Kopf in den Nacken gelegt, der gegen Ende des Films ein wenig und angenehm zu spannen begann. Stets war ich pünktlich, versäumte nie die Wochenschau und den »Kulturfilm«, die dem Hauptfilm vorausgingen. Einer jener Kulturfilme, an den ich mich fragmentarisch erinnere, zeigte Bilder vom »Polenfeldzug«. Zu einer Zeit, als von Vormärschen nicht mehr die Rede sein konnte, sollten die alten Siegesträume aufgefrischt werden.

Ich sah Krieg in raschen Bildfolgen, sah Soldaten einen Schlagbaum wegräumen, Soldaten auf Panzern, Motorrädern, sah sie im Angriff, im Graben, sah lange Kolonnen gefangener polnischer Soldaten, und mit einem Mal hielten die Bilder an, hörte ich die dröhnende Musik nicht mehr: Über den Marktplatz einer ländlichen Stadt schleppten sich Frauen und Kinder, erschöpft von einem langen Marsch, von der Flucht; ein paar zogen Karren hinter sich her, auf denen sich ihre Habe türmte.

Ihr Anblick traf mich, obwohl ich ähnliche Szenen in Wochenschauen schon gesehen hatte. In ein paar Augenblicken prägte sich mir ihr Elend ein. Es war, vermute ich, nicht ihr Elend, sondern ihre Verlorenheit, die den Platz zur Wüste werden ließ, ihre Fremde, die mich anrührte und abstieß.

Ich sah sie wieder.

Im März 1945 hatte sich die Front Olmütz genähert. Meine Eltern beschlossen, die Stadt zu verlassen, und hofften, mit einem der letzten Züge nach Österreich zu kommen. Ihre Unruhe übertrug sich auf meine Schwester, auf mich. Wir rannten aufgescheucht in der Wohnung herum. Fast alles, was wir mitnehmen wollten, schlugen uns die Eltern aus. Vater verschloß die Wohnungstür. Wir gingen durch die Passage. Meine Mutter wartete: sie hatte, was wir mitnahmen, auf einen Leiterwagen gestapelt.

Mich fror, dennoch verspürte ich eine Art Übermut. Mich erwartete kein Abenteuer. Das wußte ich. Dafür hatten die angstvollen Bemerkungen der Eltern gesorgt. Aber diese Flucht befreite mich auch. Wovon, hätte ich nicht erklären können. Ich griff in die Tasche, stieß mit der Hand auf einen Gegenstand, tastete ihn ab: Es war eine Glühbirne, die ich bei meinen rastlosen Gängen durch die Wohnung eingesteckt hatte. Ich zog sie heraus. Noch immer standen wir um den Karren, als fiele uns der erste Schritt von zu Hause fort allzu schwer.

Brauchen wir die? fragte ich und hielt die Glühbirne Vater hin.

Er lachte auf. Wie kommst du dazu? Die würde uns bestimmt nichts nützen, sagte er.

Aus einem jähen Impuls warf ich sie mit aller Kraft auf das Pflaster. Es gab einen Knall.

Dann sah ich sie, die ich vergessen hatte, die Frauen und Kinder über den Marktplatz ziehen. Ich sah *uns*. Die Fremde war aufgehoben und zugleich angenommen.

Fremd sind wir eingezogen, fremd ziehn wir wieder aus.

Jene Wanderer, die als Flüchtlinge, Vertriebene nach Kriegsende irgendwo ankamen, lernten, was sie zuvor oft anderen zugemutet hatten: Fremde sein.

Selbst im Fremdsein gab es Unterschiede. Wer von den Nazis aus seinem Land verschleppt worden, wer »Fremd«arbeiter gewesen war, wurde nach dem Krieg für die Deutschen ein zweites Mal fremd gemacht als DP: *Displaced person.*

Displaced person, vom Oxford Dictionary so definiert: Heimatlos gewordener Flüchtling, der nicht in sein Land zurückkehren kann oder will.

Also ungewollter Emigrant.

Fremd bin ich eingezogen, fremd zieh ich wieder aus.

8

Die junge Frau, mit ihrem Mann auf der Flucht vor den Deutschen, hat endlich Schlaf gefunden in einem winzigen Mansardenzimmer. Zuvor hatte sie mit dem Bürgermeister von Banyuls-sur-Mer einen Fluchtweg über die Grenze nach Spanien besprochen, in allen Einzelheiten, so daß ihr der Weinberg, die Hütte und die Hochebene mit den sieben Pinien als Wegweiser nicht entgehen werden. Sie schläft, immer wieder angegriffen von den Geräuschen unten auf der Straße. Es ist der Schlaf der Flüchtlinge, tief, doch wachsam. Ein vorsichtiges Klopfen an der Tür schreckt sie sofort auf. Sie öffnet. Den Mann, der verlegen vor ihr steht, kennt sie. Für sich pflegt sie ihn den »alten B.« zu nennen und sie fragt sich jetzt, wieso. Er ist noch nicht einmal fünfzig.

Er sagt: »Ihr Gemahl hat mich zu Ihnen geschickt.« Sie solle entscheiden, ob er sich ihrer Fluchtgruppe anschließen dürfe, mit zwei weiteren Personen. Die junge Frau hat nichts dagegen. Aber sie warnt. Sie kenne den Weg nur aus der Beschreibung des Bürgermeisters. Das schrecke ihn nicht, erwidert er, allerdings leide er unter Herzbeschwerden und werde langsam gehen müssen. Das Herz.

Im Lager Vernuche hatte er vor ein paar Monaten das Rauchen aufgegeben. Die junge Frau wußte es von ihrem Mann, der mit B. interniert gewesen war. Wie steil der Weg sein werde, könne sie ihm nicht sagen. Sie werde ohnedies oben auf dem Paß, wenn der Trupp nah der Grenze sei, umkehren.

Es kam alles anders. Der hilfreiche Bürgermeister riet ihr, auf einem Spaziergang am Vormittag wenigstens die erste Etappe zu erkunden. B. und seine beiden Begleiter schlossen sich ihr an. B. trug, was sie verblüffte, eine Aktentasche bei sich und erklärte ihr ungefragt: Sie enthalte ein Manuskript, das er unbedingt retten müsse.

Drei Stunden waren sie unterwegs, bis sie die vom Bürgermeister beschriebene Lichtung erreicht hatten. Der Weg war unwirtlich gewesen. Die Gegend wurde wilder und abweisender.

Nach einer längeren Rast wollten sie sich auf den Rückweg machen. B. hatte die Wanderung sehr erschöpft. Sein Herz, dachte sie. Er lag ausgestreckt im Gras, die Aktentasche neben sich, die Augen geschlossen. Und er stand nicht auf. Er bat sie, alleine zu gehen, er werde über Nacht hier bleiben und bis zum kommenden Morgen auf sie warten. Er ließ sich nicht überreden. Ein Drittel des Weges sei geschafft, um ein Drittel befinde er sich näher am Ziel.

Sie verließen ihn. Der jungen Frau fiel es schwer. Sie fürchtete, Schmuggler könnten ihn entdecken, und es gab wilde Stiere in der Gegend.

Wahrscheinlich hat B. kaum schlafen können. Jeder Laut, jedes Geräusch mußte ihn, den Städter, den Flaneur, erschrecken unter dem hohen, gestirnten Himmel; jeder Mondschatten zur Bedrohung werden.

Der Tag war heiß gewesen, nun kühlte die Luft in der Höhe empfindlich ab. Es muß ihn gefroren haben. Aber vielleicht nahm er das nicht wahr. Vielleicht hatte begonnen, wovor alle Auswanderer, alle Flüchtlinge sich fürchteten: daß der Weg seinen Sinn verliert, sie in sich hineingestoßen werden wie in ein Gefängnis.

Aber da ist noch die Aktenmappe. Sie birgt seine Hinterlassenschaft, den Nachweis seiner Existenz: die Fortschreibung eines bewußten Exils.

Die junge Frau trifft ihn mit ihren Gefährten am

nächsten Morgen dort, wo sie ihn verlassen hatte. Alle sind erleichtert. Das Gelände, durch das sie hernach suchend ziehen, wird unwegsamer, der Pfad, ein alter Schmugglerpfad, ist von Geröll verschüttet. B. lief, entgegen den Befürchtungen der Frau, »langsam und gleichmäßig«. In regelmäßigen Abständen, erinnert sie sich, habe er angehalten und eine Minute lang ausgeruht und Atem geholt. Sein Herz. Das habe er sich während der Nacht ausgedacht.

Sie gelangten zum Weinberg, so, wie es der Bürgermeister beschrieben hatte. An den Rebstöcken hingen tiefblau die Septembertrauben. Der Berg stemmte sich ihnen entgegen, stieg steil und weglos vor ihnen auf. Hier habe B. zum ersten und einzigen Mal die Kraft verloren und um Hilfe bitten müssen. Dies in gesetzten Worten. Sie und einer aus der Gruppe hätten ihn in ihre Mitte genommen und hinaufgeschleppt. Die Aktentasche habe er an sich gepreßt. Ich weiß, worauf er dann zugelaufen ist, nachdem sie den Gipfel erreicht und die beiden Meere, den Atlantik und das Mittelmeer, unter sich gesehen hatten, Horizonte, die den Wunsch, über eine Grenze zu gelangen, beinahe kleinlich erscheinen ließen. Ich weiß es, weil ich diese Schilderung viele Male gelesen habe und es mir inzwischen vorkommt, als erinnerte ich mit der Erzählerin.

Er entdeckte den Tümpel als erster, lief hin, warf sich auf den Boden, senkte den Kopf, um zu trinken. Sie rief, warnte. Das dürfe er auf keinen Fall tun. Die Feldflasche, die sie mitgenommen hatte, ist leer.

Er müsse trinken, sonst sei er nicht sicher, ob er durchhalte.

Sie fleht ihn an. Das Wasser sei sicher verseucht, er könne Typhus bekommen.

Ich habe auf seine Antwort gewartet, während ich schrieb.

Er hat sich auf sie vorbereitet, in der Nacht auf der Lichtung. Sie kommt freundlich und fest, ihre Höflichkeit schmerzt: »Das Schlimmste, was passieren kann, ist, daß ich an Typhus sterbe – *nach-dem* ich die Grenze überschritten habe. Die Gestapo kann mich nicht mehr festnehmen, und das Manuskript wird in Sicherheit sein. Sie müssen schon entschuldigen, gnädige Frau.«

Er sagte, das Gesicht wieder überm Wasser und im Wasser, sagte, ehe er trinkend sein Spiegelbild zerstörte: Gnädige Frau.

Die junge Frau führte die Gruppe weiter. Es sei nun sacht bergab gegangen und am frühen Nach-mittag hätten sie den Ort unten im Tal gesehen, Port Bous.

Sie verabschiedete sich, schaute ihnen nach, nahm an, daß nichts Widriges mehr geschehen könnte. Sie irrte. Die spanischen Grenzbeamten – sie sind ja tatsächlich schon in Spanien, ein Durch-gang zu einem Hafen in Portugal –, die Grenzbeamten erklärten den Flüchtlingen, den Fremden eine neue Version von Fremde: Ohne ein französisches Ausreisevisum sei es nicht gestattet, nach Spanien einzureisen. Das sei Verordnung.

Sie konnten über Nacht in Port Bous bleiben. Am andern Morgen fanden sie B. in seinem Zimmer tot. Er hatte erreicht, was er wollte, hatte die Grenze für eine Galgenfrist überschritten, die Tasche mit dem Manuskript vor dem Zugriff der Nazis bewahrt. Daß er sich das Leben nahm, stimmte die spanischen Behörden um. Sie ließen B.'s Gefährten weiterreisen.

Das Grab Walter Benjamins auf dem Friedhof von Port Bous ist nicht mehr aufzufinden. Die Tasche mit dem Manuskript verschwand spurlos. Die junge Frau, Lisa Fittko, die ihn und die andern übers Gebirge führte, konnte sich mit einem Schiff nach Amerika retten.

Den Wanderer der Winterreise erwartet der Leiermann, »Keiner mag ihn hören, / Keiner sieht ihn an«. Der Wanderer fragt ihn: »Wunderlicher Alter, / Soll ich mit dir gehn? / Willst zu meinen Liedern / Deine Leier drehn?«

Ich höre Schuberts Musik. Mir fallen Sätze Benjamins ein, die, schon viele Male zitiert, zum Refrain in unserem Gedächtnis wurden. Auch sie ein Lied für den Leiermann, dessen Spielwalze unsere Geschichte wiederholen *muß*.

1921 hatte Benjamin ein Aquarell von Paul Klee

gekauft, ›Angelus Novus‹. Der abgebildete Engel sprach mit ihm und er hat ihm geantwortet:

»Es gibt ein Bild von Paul Klee, das Angelus Novus heißt. Ein Engel ist darauf dargestellt, der aussieht, als wäre er im Begriff, sich von etwas zu entfernen, worauf er starrt. Seine Augen sind aufgerissen, sein Mund steht offen und seine Flügel sind ausgespannt. Der Engel der Geschichte muß so aussehen. Er hat das Antlitz der Vergangenheit zugewendet. Wo eine Kette von Begebenheiten vor uns erscheint, da sieht er eine einzige Katastrophe, die unablässig Trümmer auf Trümmer häuft und sie ihm vor die Füße schleudert. Er möchte wohl verweilen, die Toten wecken und das Zerschlagene zusammenfügen. Aber ein Sturm weht vom Paradiese her, der sich in seinen Flügeln verfangen hat und so stark ist, daß der Engel sie nicht mehr schließen kann. Dieser Sturm treibt ihn unaufhaltsam in die Zukunft, der er den Rücken kehrt, während der Trümmerhaufen vor ihm zum Himmel wächst. Das, was wir Fortschritt nennen, ist dieser Sturm.«

Ich sage die Worte auf, höre dazu das Lied vom Leiermann. Welch eine abstruse Hoffnung macht uns Benjamins Engel. Es ist nicht einmal eine Aussicht, da er ihr den Rücken kehrt. Es ist allein die Gewißheit, daß die Zukunft, in die der Sturm des Fortschritts ihn treibt, unter seinen Füßen zur Geschichte wird, auf der sich die Trümmer bis zum Himmel häufen.

Hatte dieser Engel, Benjamins Engel, Geld in den Schuhen? Bin ich ihm begegnet?

9

Kein Tag war 1987 so heiß wie der 2. Juli. Mitsuko Shirai sang. Tabea Zimmermann übernahm die Singstimme auf der Bratsche. Und Hartmut Höll begleitete sie beide. Mitsuko sang den ›Lindenbaum‹ so, daß alles, was diesem Lied an Volkstümlichkeit, an Traulichkeit und Sängerseligkeit anhaftet, vergessen war. Sie sang von jenem Wanderer, der auf dem Weg in den Frost ist.

Ich hatte Monate vor diesem Konzert in Düsseldorf in einem Antiquariatskatalog die erste, von Gustav Schwab herausgegebene und eingeleitete Ausgabe der Gedichte Wilhelm Müllers gefunden und mich durch Otto Erich Deutschs großen Dokumentenband zu Schuberts Leben gearbeitet – jetzt verbanden sich die Stimmen, die des Komponisten, die des Poeten.

10

Sie wandern aufeinander zu, zwei Schwierige, in sich gekehrt, viel zu früh müde und kommen sich doch nicht vor die Augen. Wer ihren Lebensspuren folgt, diesen Mäandern von Aufruhr, Zuversicht und Resignation, wer in dem Moment, in dem Wort und Musik wie selbstverständlich zueinander finden, den Atem anhält, dem ist es unbegreiflich, daß sie sich nie trafen, nie ein Wort miteinander wechselten, daß der eine, der Dichter, nie erfuhr, daß der andere, der Musiker, seine Gedichte, die nach einer Melodie suchten, vertont hatte. Es ist wahr: Wilhelm Müller hat nichts von der Vertonung der ›Winterreise‹ durch Franz Schubert erfahren. Beide befanden sie sich zu dieser Zeit schon fast am Ende ihrer an Erfahrungen und Einfällen unendlich reichen, sie tief erschöpfenden Wanderschaft. Sie hätten sich in die Arme fallen können und einander kaum mehr etwas sagen müssen.

Im Jahr 1827 komponierte Franz Schubert den Zyklus ›Die Winterreise‹. Die Vorlage, die Gedichte, hatte er in einem Almanach entdeckt. Wilhelm Müller bekam darüber keine Mitteilung, ebensowenig wie über die Vertonung der ›Schönen Müllerin‹. Er starb am 30. September 1827. Schubert, der seinen Gedichten die ersehnte Musik geschenkt hatte, folgte ihm ein Jahr darauf, am 19. November 1828.

Franz Schuberts Leben ist vielfach erzählt worden. Hans Gal spricht von einem »schlichten Lebensgang«. Das scheint mir eine ebenso arglose wie furchtbare Vereinfachung zu sein. Unaufwendig vielleicht; unauffällig gewiß nicht. Auffällig wird schon der junge Schubert durch seine Unrast. Er streunt. Er wohnt, nachdem er mit zwanzig das

Vaterhaus verlassen hat, da und dort und ist nirgendwo zu Hause. Es sei denn, man hält seine Stadt für sein Domizil. Wien, das er dort am genauesten kennt, wo die Armut an den Wohlstand grenzt – und er ist mitunter ein geduldeter, mitunter ein erwünschter Grenzüberschreiter. Auf den Bildern, den Genreszenen, die ihn in musikalischer Gesellschaft vorführen, wird er zur Plattitüde, die wir kennen, die, ihn und seine Musik verratend, überliefert wurde: der Schwammerl, der von wohlwollenden Freunden dressierte Unterhalter, der dem einen Lieder schreibt, dem andern gefällige Stückerln fürs Pianoforte.

Wieso wehrte er sich nicht? frage ich mich. Warum ließ er sich mißbrauchen, wurde in dieser Runde zum Freund aller, einer, der aufspielte, einer, dessen Liebesfurcht wie ein Gebrechen behandelt wurde, so, als habe er einen Buckel – und weil es so war, brachten sie ihm dann aufs gemeinste die Liebe bei und trieben sie ihm auch gleich wieder aus, machten ihn tatsächlich zum Krüppel, zum Jammerbild, zum Moribunden. Natürlich mochten und verehrten sie ihn auch, gab es Stunden, in denen sie mit ihm in die ungeheuren Abgründe seiner Musik lauschten und Echos vernahmen, die sie tief erschreckten. Dennoch bleibt die Oberflächlichkeit und Rohheit derer, die ihm nahestanden, unbegreiflich. Unbegreiflicher noch seine Gleichgültigkeit gegen sie.

Aber ist er das überhaupt? Es ist verbürgt, wie selbstvergessen und ausdauernd er in den schäbigsten Unterkünften arbeiten konnte. Nichts und niemand vermochte ihn abzulenken. So haben wir uns jenen Schubert zu denken, den kein Bild wiedergibt, der in keine Genreszene paßt: völlig besetzt von Ideen, Einfällen, sich auf die Gesetzmäßigkeiten einer musikalischen Tradition einlassend, die er kannte wie kaum ein anderer, die er respektierte und doch mit jedem Takt, den er komponierte, ausweitete; Melodien schreibend, die nur er so erfinden konnte, da er ihren wunderbar ausschweifenden Bögen gewachsen war. Was er sich, der hilflos Gesellige, in lauter Runde nicht zu sagen getraute, spricht er mit jeder Note aus: Ich bin es! Ich!

Schließlich war er den Freunden weit voraus. Er hatte sich nicht von ihnen entfernt, im Gegenteil, er genoß die lärmende, weinselige Gemeinschaft, aber der Frost, der sie alle umgab, den sie nicht zur Kenntnis nehmen wollten, die Eiseskälte der Metternich-Zeit, hatte sich ihm bis auf die Knochen gefressen. Die Winterreise hatte schon lange begonnen. Mit allem, was er nun komponierte – nicht nur die Lieder Wilhelm Müllers, sondern die späten Sonaten, die C-Dur-Symphonie, das Streichquintett in C-Dur – bricht er ins Unvertraute auf und wird – das ist das Wunder, das er vollbringt – sogleich mit ihm vertraut. Auch mit dem Äußersten, dem Abschließenden, dem Tod.

Aber ich denke ja ein Doppelbildnis. Auf ihm vereine ich zwei Wanderer im Frost. Zwei, die nicht viel Zeit haben, um dort anzukommen, wo sie einander finden.

Wilhelm Müller wird erst jetzt wieder entdeckt. Die Literaturgeschichte hat ihn vernachlässigt, weil Schuberts Musik ihn vergessen machte. Das ist, ich weiß es, ein Paradoxon. Sie hat ja zum andern die Erinnerung an ihn bewahrt. Wenn auch nur undeutlich. Er wurde ausgespart, weil jenen, die seine Geschichte hätten weitervermitteln können, der Widerspruch zwischen politischem Aufbegehren und spätromantischer Sängerlust nicht paßte. Darum war Heinrich Heine einer der wenigen, der Müllers ganz und gar eigenwüchsiges Talent erkannte, ihm sogar gestand, in seinen Liedern »den reinen Klang und die wahre Einfachheit« gefunden zu haben, wonach er immer strebte. Heine grüßte einen Gefährten. Er hörte eben nicht nur den Wohllaut, las nicht nur gefällige, dem Schein nach volkstümliche Verse und rasche Reime, sondern verstand Not und Bitterkeit, die gleichsam in der zweiten Stimme mitredeten, mitsangen.

Ich berichte von einem Leben, in dem Anpassung und Aufbruch aufreibend wechselten.

Wilhelm Müller wurde am 7. Oktober 1794 in Dessau geboren. Sein Vater hatte als Schneidermeister ein unregelmäßiges, meist dürftiges Auskommen. Keines von Wilhelms Geschwistern überlebte die frühen Kinderjahre. Er blieb übrig. Alle Fürsorge, alle Hoffnung der Eltern galten ihm, und es wird, geht es um seine Ausbildung, nicht gespart. Nicht nur das: »Seine Erziehung war so fern allem Zwange, daß die Wahl der Selbstbeschäftigung fast ganz den Launen des Knaben überlassen war«, stellt Gustav Schwab in einer biographischen Skizze fest.

Wilhelm darf früh schon Verwandte auf Reisen begleiten, erweist sich als begabter Schüler. Ich denke ihn mir altklug und ein wenig vorlaut. Es heißt nämlich auch, er habe früh ein Gefühl für Unabhängigkeit entwickelt.

Mit elf Jahren verlor er seine Mutter. Schubert war fünfzehn, als seine Mutter starb. Beide haben diesen Verlust nie verwunden. Für Schubert begann da sein fortwährendes, immer inständiger werdendes Selbstgespräch mit dem Tod, und der Schüler Wilhelm Müller redete den Tod in seinen ersten Versen in kindlicher Fassungslosigkeit an. Mit vierzehn ist er schon so weit, daß er seine Werke für sich sammeln kann: Elegien, Oden, Lieder und ein Trauerspiel, naive Zeugnisse erfahrener Unruhe und unersättlicher Lektüre.

Als er sich 1812 an der Berliner Universität einschrieb, hatte sein Vater wieder geheiratet, eine vermögende Frau, wohl mit der Absicht, wie Schwab schreibt, »einen längst gehegten Wunsch in Ausführung zu bringen, den Sohn studieren zu lassen«.

Er hört Philosophie und Geschichte, bleibt aber auf dem Sprung, hat keine Lust, sich allein dem Studium zu widmen. 1813 – Preußen führt den Befreiungskrieg gegen Napoleon – meldet er sich freiwillig, gerät in die Schlachten von Lützen, Bautzen und Kulm, zieht mit in die Niederlande und dient eine Zeitlang als Offizier im Commandantenbüro in Brüssel.

Die Poesie ist ihm aber wichtiger als der Krieg. Noch in Brüssel beschäftigt er sich mit, so nennt er sie, altdeutscher Literatur und gibt 1816 ›Eine Blumenlese aus den Minnesängern‹ heraus. Kritiker tadeln den Überschwang seiner Vorrede; sie können nicht ahnen, daß er diese Arbeit gleichsam als Einübung verstand, denn er wünschte sich für seine Gedichte eine Weise des so selbstverständlichen wie kunstvollen Singens.

Nach Berlin zurückgekehrt findet er bald Gleichgesinnte. Sie schreiben, jung und begeistert, Vorbildern nach, lesen Clemens Brentanos und Achim von Arnims Sammlung ›Des Knaben Wunderhorn‹, vertiefen sich in die deutsche Geschichte, spielen Ritter und Bürger, sind schwärmend alle mehr außer sich als bei sich. So harmlos diese Freundeskreise ehemaliger Kriegsfreiwilliger auch sind – Polizei und Zensur haben ein Auge auf sie, aus Furcht vor politischen Geheimbünden. Die Gehilfen Metternichs tun sich überall hervor.

Der dichtende Maler Wilhelm Hensel und seine Schwester Luise, nicht allein von Müller angebetet, führen ihn in die Berliner Gesellschaft ein. Er ist umtriebig, regt an, läßt sich anregen. Doch schon hier, zu Beginn seines kurzen Wegs vor den Blikken der Öffentlichkeit, wirkt er in seiner Unrast wie ein nach Halt, nach Hilfe Suchender. Als merke er, daß sein Leben zu schnell geworden sei, ihm nur wenig Zeit bleibe, mit seinen Liedern eine deutliche Spur zu hinterlassen.

Ich halte ein, schaue ihn an. Franz Krüger, ein Zeitgenosse, hat ihn porträtiert. Es ist ein Gesicht, das sich Schinkel erdacht haben könnte. Von klassizistischer Klarheit und einem nur durch die nachdenklich und fragend blickenden Augen gestörten Selbstbewußtsein. So sahen sie alle aus, die Schillschen Offiziere, die Männer aus der Umgebung Königin Luises. Alle mußten sie eine hohe Stirn haben, diese lange, schmale empfindliche Nase, diesen kleinen Knabenmund. Nur sein Kinn entspricht nicht ganz der Norm. Es ist etwas zu weich geraten. Die Augen jedoch, diese Brunnenlöcher im Marmor, verraten ihn, den Wanderer, den Fremden.

Noch immer ist er Student, wenn auch schon bekannt als Herausgeber, Kritiker, Lyriker. Auf Anregung Achim von Arnims hat er Marlowes ›Doktor Faustus‹ übersetzt. Mit allem schafft er sich Aufmerksamkeit. Und mit manchem, was er jetzt nur andeutet, tritt er schon über die Grenze: Im Salon des kunstverständigen preußischen Staatsrats Sägemann beteiligen sich er und die Geschwister Hensel an einem Liederspiel, das sie ›Die schöne Müllerin‹ nennen. Wahrscheinlich haben Goethes Müller-Romanzen sie dazu angeregt. Er schreibt die ersten Lieder seines Zyklus, den er vier Jahre später abschließt. Schon ist er unterwegs, bricht aus, hat seine Stimme gefunden.

1817 darf er wirklich aufbrechen. Auf Anregung der Akademie der Wissenschaften soll er den Kammerherrn von Sack als wissenschaftlicher Berater nach Griechenland, Ägypten und Kleinasien begleiten, um antike Inschriften zu sichten und zu sammeln. Da in Konstantinopel die Pest wütet, wird die Reiseroute geändert. Die Reisegesellschaft landet in Rom, wo sich Müller von ihr absetzt, angezogen vom Treiben der deutschen Künstlerkolonie. Er beobachtet, nimmt teil, mischt sich ein, hält schreibend fest: in zwei Bänden erzählt er anschaulich von Rom, den Römern und den Römerinnen.

1819 kehrt er heim in seine Vaterstadt, nach Dessau, bewirbt sich um eine feste Anstellung, wird zuerst Lehrer für lateinische und griechische Sprache und kurz darauf Leiter der Herzoglichen Bibliothek. Er heiratet Adelheid Basedow, die Enkelin Johann Bernhard Basedows, des großen aufklärerischen Pädagogen und Menschenfreunds. Auch sie kann ihn nicht zur Ruh bringen, obwohl es für kurze Zeit den Anschein hat. Verständnisvoll wird sie ihn auf seiner immer tiefer in den Winter führenden Reise begleiten. Er spielt seine Rollen als geschätzter Lehrer, als angesehener Bibliothekar, nur fühlt er sich eingeengt, gegängelt und beobachtet, beklagt den »Preßzwang«, die »politische Inquisition«, das »Zurückschrauben der Welt« und neidet den Franzosen ihr Parlament: Es »ist fürwahr jetzt der Vertreter der ganzen bedrückten und gehudelten Menschheit. Welche herrlichen Reden sind von der *linken Seite* der Deputiertenkammer bei Gelegenheiten der Zensurgesetze erschollen«.

In ganz Europa berühmt wird er mit seinen Gedichten zum griechischen Befreiungskrieg von 1821–1827.

Er gibt ihm die Gelegenheit, seine Hoffnung auf Freiheit, seine Sehnsucht nach Freisinn unverhohlen auszusprechen. Die Gedichte erscheinen in Heften. Sie finden reißenden Absatz. Und der Ruhm schenkt ihm seinen Beinamen: Griechen-Müller.

Von nun an laufe ich ihm nicht mehr erzählend nach; ich laufe mit ihm.

Sein Ruhm verschafft ihm neue Freunde.

Der Verleger Brockhaus in Leipzig gewinnt ihn als Berater.

Herzog Leopold Friedrich ernennt ihn zum Hofrat.

Ist er nun ganz der, den ich vom Bild kenne?

Müßte ich mir doch ein anderes Bild machen?

Hat er vielleicht schon gedacht, woran ich denke:

»Fremd bin ich eingezogen, fremd zieh ich wieder aus.«

Er schreibt über Byron, auch einen jener auftrumpfenden Fremden.

Manchmal kann er gar nicht aufhören, mit seinen beiden Kindern zu spielen:

> »Nun feget aus den alten Staub
> Und macht die Laube blank,
> Laßt ja kein schwarzes Winterlaub
> Mir liegen auf der Bank«,

singt er ihnen vor, für sie und gegen seine Ahnungen: das »schwarze Winterlaub«.

Er muß verdienen. Die Einkünfte genügen nicht für die größer gewordene Familie.

Er veröffentlicht Novellen, Gedichte, ist als Herausgeber tätig, schreibt Kritiken, veranstaltet wöchentlich Leseabende, versucht sich als Regisseur an der herzoglichen Laienbühne.

Er spielt seine Rolle, ist zugegen und zugleich weit fort. Seit langem fröstelt es ihn. Ihn plagt ein hartnäckiger Keuchhusten. Adelheid, seine Frau, sorgt sich.

»Nun merk ich erst, wie müd ich bin,
Da ich zur Ruh mich lege –«.

Ohne daß es die andern erkennen, hat er schon viele Stationen hinter sich:

»Bin gewohnt das Irregehen,
's führt ja jeder Weg zum Ziel:
Unsre Freuden, unsre Wehen,
Alles eines Irrlichts Spiel!«

Er hat auf das Frühjahr gewartet. Im Frühjahr 1827 bricht er zusammen.

Der Herzog gewährt ihm auf unbestimmte Zeit Urlaub.

Nur kann er die Reise noch nicht antreten. Er ist zu schwach.

Erst im Spätsommer fährt er mit seiner Frau ins Rheintal, dann nach Württemberg, wo er Freunde und Verehrer trifft: Schwab, Hauff, Uhland und Justinus Kerner, der ihn zu heilen versucht, Geister zum Beistand ruft, die wandernde Seele beschwört und, im Umgang mit Geistern kundig, mit seinem kranken Freund alle diese Rufe vernimmt, denen der jetzt antworten kann:

»Von der Straße her ein Posthorn klingt.
Was hat es, daß es so hoch aufspringt,
Mein Herz?«

Am 27. September sind Adelheid und er wieder zu Hause in Dessau. Zu Hause?

Er macht Besuche.

Er schläft lang.

Er fühlt sich erstaunlich wohl.

Er schreibt, aber er liest nicht vor, behält, was er schrieb, für sich:

> »Ich träumte von bunten Blumen,
> So wie sie wohl blühen im Mai,
> Ich träumte von grünen Wiesen,
> Von lustigem Vogelgeschrei.«

Am 30. September 1827, einem Sonntag, schläft er, nach einem kurzen und angeregten Gespräch mit Adelheid, zum Tod erschöpft ein. So erzählt es Gustav Schwab. Von andern wird angenommen, er habe, die Depressionen nicht mehr ertragend, seinem Leben ein Ende gemacht.

Im Oktober 1827 setzt Franz Schubert die Vertonung der ›Winterreise‹ fort, antwortet der Wanderer dem Wanderer:

> »Fremd bin ich eingezogen,
> Fremd zieh ich wieder aus.«

Die beiden Wanderer hinterließen der Nachwelt mit der Erzählung ihrer ›Winterreise‹ eine tiefsinnige Botschaft, mehr noch: Sie schrieben und komponierten eine säkularisierte Passion, projizierten das Bild des Wanderers in eine verdunkelte Zukunft, die möglicherweise unsere Gegenwart geworden ist.

Auch der namenlose Wanderer Wilhelm Müllers kommt an. Es fragt sich, wo? Ob es ein Ziel ist? Unterwegs hatte er gewiß kein Ziel.

Zwanzig Jahre nach Franz Schuberts Tod dachte Friedrich Nietzsche über die Gestalt des Wanderers nach. Er schrieb: »Wer nur einigermaßen zur Freiheit der Vernunft gekommen ist, kann sich auf Erden nicht anders fühlen, denn als Wanderer, – wenn auch nicht als Reisender *nach* einem letzten Ziele: denn dieses gibt es nicht. Wohl aber will er zusehen und die Augen dafür offen haben, was alles in der Welt eigentlich vorgeht; deshalb darf er sein Herz nicht allzufest an alles einzelne anhängen; es muß in ihm selber etwas Wanderndes sein, das seine Freude an dem Wechsel und der Vergänglichkeit habe. Freilich werden einem solchen Menschen böse Nächte kommen, wo er müde ist und das Tor der Stadt, welche ihm Rast bieten sollte, verschlossen findet; vielleicht, daß noch dazu, wie im Orient, die Wüste bis an das Tor reicht, daß die Raubtiere bald ferner, bald näher her heulen, daß ein starker Wind sich erhebt, daß Räuber ihm seine Zugtiere wegführen. Dann sinkt für ihn wohl die schreckliche Nacht wie eine zweite Wüste auf die Wüste, und sein Herz wird des Wanderns müde.

Geht ihm dann die Morgensonne auf, glühend wie eine Gottheit des Zorns, öffnet sich die Stadt, so sieht er in den Gesichtern der hier Hausenden vielleicht noch mehr Wüste, Schmutz, Trug, Unsicherheit als vor den Toren – und der Tag ist fast schlimmer als die Nacht. So mag es wohl einmal dem Wanderer ergehen; aber dann kommen, als Entgelt, die wonnevollen Morgen anderer Gegenden und Tage, wo er schon im Grauen des Lichtes die Musenschwärme im Nebel des Gebirges nahe an sich vorübertanzen sieht, wo ihm nachher, wenn er still, in dem Gleichmaß der Vormittagsseele, unter Bäumen sich ergeht, aus deren Wipfel und Laubverstecken heraus lauter gute und helle Dinge zugeworfen werden, die Geschenke aller jener freien Geister, die in Berg, Wald und Einsamkeit zu Hause sind und welche, gleich ihm, in ihrer bald fröhlichen bald nachdenklichen Weise, Wanderer und Philosophen sind. Geboren aus den Geheimnissen der Frühe, sinnen sie darüber nach, wie der Tag zwischen dem zehnten und zwölften Glockenschlage ein so reines, durchleuchtetes, verklärtheiteres Gesicht haben könne: – sie sehen die *Philosophie des Vormittages*.«

Es ist zweifelhaft, ob der Wanderer der ›Winterreise‹ in der Philosophie des Vormittags ankommt. Hat er nicht auf seiner Reise alles verloren? Die Liebe hat ihn verlassen. Unterwegs begegnet er kaum mehr Menschen. Die Natur wehrt sich gegen ihn, bloß in seinen Träumen öffnet sie sich und wirft ihm »helle und gute Dinge« zu.

Der Namenlose schließt vor der Welt die Augen und weiß: »Im Dunkel wird mir wohler sein.« Der *eine* Weiser, den er stehen sieht – mir kommt es vor, als werfe er den Schatten des Kreuzes –, macht ihm endgültig klar, daß er einen Weg geht, der nicht zurückführt. Aber wohin dann?

Ich verstehe die Botschaft der ›Winterreise‹ als eine an Rätseln reiche Erklärung unseres Zustandes. Wir gleichen dem namenlosen Wanderer. Wir wandern nicht mehr, um anzukommen, wir sind unterwegs in einer frostigen, auskühlenden Welt. Wir wissen viel, nur was uns verloren geht, merken wir gar nicht. Dennoch wünschen wir anzukommen.

Der Wanderer wandert nur noch um des Wanderns willen. Er tritt auf der Stelle. Das allerdings begreift er erst am Ende, das unerwartet gar keines ist, aber auch kein Anfang sein kann, sondern die Erfahrung, daß sich die Wanderschaft wiederhole.

Franz Schubert hat Müllers Gedicht vom ›Leiermann‹ so gelesen. Ursprünglich hat er es um einen Ton höher gesetzt. Wenn man das Lied so hört und die abschließende Frage ernst nimmt, bedeutet es nichts anderes, als daß der Leiermann von vorn zu spielen beginnt, was zu Ende schien: »Willst zu meinen Liedern / Deine Leier drehn?« Doch die Lieder kennen wir schon, durch die sind wir eben mit dem Namenlosen gewandert!

Hier, an dieser Stelle erscheint der Schatten eines andern: Der Sisyphos von Camus. In der Wiederholung seines sinnlosen Tuns, in der »größeren Treue, die die Götter leugnet« (»Will kein Gott auf Erden sein, / Sind wir selber Götter«, singt der Wanderer), kommt er zu sich, bleibt er bei sich, ist er wie der Wanderer der ›Winterreise‹ in ein anderes Leben entlassen.

Es bleibt offen, ob wir ihn uns als »glücklichen Menschen« vorzustellen haben.

II

Erst fiel es mir nicht auf. Dann, als ich die ›Winterreise‹ eine Zeitlang nur noch in dem endlich erworbenen Müller-Band las, fühlte ich mich in der Lektüre unerklärlich gestört. Die Melodien in meinem Kopf gerieten durcheinander, nicht die Gedichte. Sie ordneten sich, meinte ich, durchaus folgerichtig. Das traf nicht zu. Schubert hat den Zyklus in seiner Anordnung verändert, damit auch seine Dramaturgie. Sein Wanderer ist nicht der Müllers.

Ich begann quer zu lesen. Es war mir, als geriete ich ins Stolpern. Ich fing mich mit Hilfe der Musik. Gegen meinen Vorsatz, beim Lesen Gedichte und Musik auseinanderzuhalten, führte ich sie zusammen. Ich blieb jedoch irritiert und bin es bis heute. Vielleicht, weil ich den Wanderer, als ginge jeweils ein Schatten mit, nun zweifach ausschreiten sehe und geradezu zwanghaft auf den unterschiedlichen Rhythmus seiner Schritte achte.

Bis zum fünften Lied, dem ›Lindenbaum‹, hält sich Schubert an die Vorlage. Dann greift er entscheidend ein. Er zerstört den »romantischen« Zusammenhang, indem er das Gedicht ›Die Post‹, das mit dem Aufklingen des Posthorns noch einmal an das »Liebchen« erinnert, herauslöst und nun schroff und eisig die ›Wasserflut‹ an den ›Lindenbaum‹ anschließt. Schubert hat motivisch genau gelesen. Die ›Lindenbaum‹-Verse »Ich schnitt in seine Rinde / So manches liebe Wort« sollten noch erinnert werden, wenn es in dem Lied ›Auf dem Flusse‹, das der ›Wasserflut‹ folgt, als bitteres, höhnisches Echo heißt: »In deine Decke grab ich / Mit einem spitzen Stein / Den Namen meiner Liebsten / Und Stund und Tag hinein«. Das Lied ›Die Post‹ hingegen fügte er zwischen ›Einsamkeit‹ und ›Der greise Kopf‹. So tönt der Eichendorff-Klang des Horns aus unendlicher Ferne, kaum mehr als Erinnerung. Die Gegend ist endgültig vereist. Und nicht nur sie. Den Wanderer hat der Frost ergriffen. Nach »So zieh ich meine Straße / Dahin mit trägem Fuß, / Durch helles, frohes Leben / Einsam und ohne Gruß« und »Vom Abendrot zum Morgenlicht / Ward mancher Kopf zum Greise« werden die hereingesprengten Verse »Die Post bringt keinen Brief für dich: / Was drängst du denn so wunderlich, / Mein Herz?« zu einem kindlichen Rückfall. Sie stimmen nicht mehr, hören sich geradezu falsch an.

Schuberts Wanderer hat sich längst aus seiner (romantischen) Heimat entfernt. Der Winter ist nicht mehr nur eine Jahreszeit, er ist zu seiner Zeit geworden. Auch die Landschaft hat sich gewandelt. Sie hat ihre Farben verloren. Grau, weiß und schwarz wird sie zum Tableau. Es wird nicht lang dauern, und Wladimir, Estragon und Pozzo werden auftreten und das Wandern sein lassen. Sie haben die Winterreise schon hinter sich. Schubert nimmt Müllers Gedichten den Rest von Rhetorik. Die Widersprüche, mit denen sie noch spielen, sind ihm ernst. Der schleppende Schritt in der Klavierbegleitung von ›Einsamkeit‹ – »So zieh ich meine Straße / Dahin mit trägem Fuß« – zieht durch die mutwillig schmetternde Posthornmelodie hindurch und weiß es besser: »Der Reif hatt einen weißen Schein / Mir übers Haar gestreuet. / Da meint ich schon ein Greis zu sein / Und hab mich sehr gefreuet.«

Schubert nimmt die erste Strophe in einem wehmütigen Arioso auf. Ein Fast-schon singt sich da aus. Denn es ist ja nicht so. »Doch bald ist er hinweggetaut, / Hab wieder schwarze Haare.« Der Wanderer ist mit seiner Lebenszeit zu früh in den Winter geraten. Und der entläßt ihn nicht mehr.

Hat der Wanderer vorzeitig zu singen begonnen? Hat er, fremd geworden und fremd gemacht, vorzeitig den Weg eingeschlagen, den noch »keiner zurückging«? »Vom Abendrot zum Morgenlicht / Ward mancher Kopf zum Greise.« Wieder gehen die Sätze in dem Arioso des Anfangs auf.

Er ist ausgekühlt, ehe er glühen durfte.

Diesen Wanderer, dem ich das erste Mal im Nürtinger Konzertsaal begegnet bin, habe ich als Gefährten auf- und mitgenommen.

Schubert griff die Arbeit an der ›Winterreise‹ an. Die Freunde machten sich Sorgen um ihn. Bei Schober sang er ihnen den Zyklus vor, und Schober war es auch, der bemerkte, ihm gefalle von allen Liedern nur eines, ›Der Lindenbaum‹. Schuberts Antwort hat Josef von Spaun überliefert: »Mir gefallen diese Lieder mehr als alle, und sie werden euch auch gefallen.«

In der Berliner ›Allgemeinen musikalischen Zeitung‹ vom 25. Juni 1828 konnte Schubert lesen: »Ein *gutes* Lied wär's wohl geworden, hätten es nicht 24 werden sollen.«

Der Lindenbaum?

Warum wurde gerade dieses Lied mißverstanden?

Und wie wurde es mißbraucht.

Mir fällt der Schluß von Thomas Manns ›Zauberberg‹ ein, Hans Castorps Abschied. Sein Erzähler entläßt ihn in die Materialschlachten. »Wo sind wir? Was ist das?« In dieser Gegend sind viele Wanderer zu Schatten geworden; sie erinnert an

Langemarck, und Thomas Mann hat wohl auch daran gedacht.

»Sie müssen hindurch, die dreitausend fiebernden Knaben, sie müssen als Nachschub mit ihren Bajonetten den Sturm auf die Gräben vor und hinter der Hügelzeile, auf die brennenden Dörfer entscheiden und helfen, ihn vorzutragen bis zu einem bestimmten Punkt, der bezeichnet ist in dem Befehl, den ihr Führer in seiner Tasche trägt. Sie sind dreitausend, damit sie noch ihrer zweitausend sind, wenn sie bei den Hügeln, den Dörfern anlangen; das ist der Sinn ihrer Menge.«

Unter ihnen befindet sich Hans Castorp, den sein Erzähler nun als »Bekannten« anspricht, in der Distanz merkwürdig traurig und hilflos. Er gibt seinem Geschöpf kaum eine Chance. Er läßt Castorp in »stierer, gedankenloser Erregung« singen. Ein Lied, das jener, der fremd auszog, als einen schönen, schon verlorenen Echolaut vernimmt:

>   »Ich schnitt in seine Rinde
>   So manches liebe Wort –«.

Castorp stürzt hin neben toten Kameraden, Freunden, auf einem von Granaten aufgewühlten Grund, und Thomas Mann fragt, auch wieder aus einer großen, den Leser schmerzenden Ferne:

»Ist unser Bekannter getroffen? Er meinte einen Augenblick, es zu sein. Ein großer Erdklumpen fuhr ihm gegen das Schienbein, das tat wohl weh, ist aber lächerlich. Er macht sich auf, er taumelt hinkend weiter mit erdschweren Füßen, bewußtlos singend:

> Und sei-ne Zweige rau-uschten,
> Als rie-fen sie mir zu –«

Hier, nach der nicht zu Ende gesungenen Strophe, die Ruh' verspricht, nimmt Castorp die Gestalt *meines* Wanderers an. Sein Weg führt ihn weiter durch Bürgerkrieg und Krieg in einen gewalttätigen, mühsam bewahrten Völkerfrieden. Ich bin mir nicht sicher, ob Thomas Mann seinen Roman noch einmal so beschließen würde wie vor einem halben Jahrhundert: »Wird auch aus diesem Weltfest des Todes, auch aus der schlimmen Fieberbrunst, die rings den regnerischen Abendhimmel entzündet, einmal die Liebe steigen?«

Der Wanderer wurde aus der Liebe ausgestoßen. Der Abendhimmel über ihm ist düster vom Staub der Geschichte.

12

In Tel Aviv stieg ich, eingeschüchtert von den Mitreisenden, die sich so unterhielten, als kennten sie einander schon seit Jahren, in ein übergroßes Taxi.

Ein alter Mann auf dem Sitz vor mir hatte sich offenbar vorgenommen, mich während der Fahrt mit seinem Regenschirm zu traktieren, den er wie ein Gewehr geschultert trug. Ich versuchte, während der Wagen noch über die Ausfallstraßen von Tel Aviv holperte, seinen Attacken auszuweichen. Die Dame neben mir pochte dem frommen Mann mit hartgekrümmtem Zeigefinger auf das schwarze Käppchen und machte ihn auf meine Notlage aufmerksam. Er entschuldigte sich nicht, musterte mich nur für einen Augenblick abschätzig.

Die ausgeglühte Gegend, durch die wir dann fuhren, schien nicht nur Menschen abzuweisen, sondern auch die Zeit. Sie war in der Unordnung der ersten Schöpfungstage erstarrt. Nur manchmal brach ein struppiges Grün aus dem Stein. Die Bäume, Einzelgänger hier, hatten dem ständigen Sonnenwind widerstanden: die Rinde wie von Fels. Es fiel mir schwer zu schweigen. Vieles, was mir durch den Kopf ging, würde ich später nicht mehr in Worte fassen können. Diese Landschaft, dachte ich, mußte Religionen hervorbringen. Sie war so leer, daß sie einen Gott brauchte.

Eine Fata Morgana, ein geträumtes und dennoch wirkliches Bild ließ mich die Öde vergessen. Die Straße führte schnurgerade einen Hügel hinauf, und vom Kamm aus war zum ersten Mal *die* Stadt zu sehen. Sie schwebte mit Zinnen, Kuben und Kuppeln in einem vibrierenden, die Funda-

mente schmelzenden Licht. Der Alte vor mir dreh-
te sich um, legte kurz seine Hand auf die meine
und sagte leise, aber triumphierend, und er sagte es
auf deutsch: Jeruschalaim, mein junger Herr, die
hochgebaute Stadt!

Es war keine Metapher, nicht die Eingebung
eines Enthusiasten. Die hochgebaute Stadt. Je
mehr wir uns ihr näherten, um so profaner wurde
sie aber.

Für den Nachmittag hatte mich Werner Kraft
eingeladen. Ich hatte mit ihm korrespondiert, kannte einige seiner streng gebauten Gedichte, wußte
von seiner Vorliebe für Karl Kraus und Rudolf
Borchardt, hatte eben seine Gespräche mit Mar-
tin Buber gelesen. Ein Gelehrter und ein Poet.

Die Häuserzeile, die ich entlangging auf der
Suche nach seiner Wohnung, erinnerte mich entfernt an Berlin-Dahlem. Hier hatte ein Architekt
sein Heimweh gebaut und zugleich verwischt.

Kraft empfing mich mit einer abwartenden Herz-
lichkeit und führte mich in die »Bibliothek«, das
Wohnzimmer. Ich war auf eine Arche geraten. Hier
waren von einem, der von Hitler aus seinem Land
gejagt worden war, alle guten Geister zusammenge-
rufen, damit sie mit ihm gerettet seien. (Kraft, 1896
in Braunschweig geboren, studierte Philologie, pro-
movierte in Frankfurt und war ab 1927 Bibliotheks-
rat an der Provinzialbibliothek in Hannover. 1933
floh er über Schweden, Paris nach Jerusalem.)

Ich ging an den Werken der deutschen Romantiker und Klassiker entlang; fast nur Erstausgaben. Er mochte fremd eingezogen sein – noch immer sprach er hebräisch nur mühsam –, aber er hatte seine Heimat in die Fremde, die seine Heimat werden sollte, mitgebracht. Er sprach leise, so, als lausche er dabei seinen toten und lebenden Gefährten.

Wir redeten nicht über Jerusalem. Nicht ein einziges Mal erkundigte er sich nach meinen Erlebnissen in Israel. Wir unterhielten uns über Achim von Arnim, über Brentano, über den deutsch-jüdischen Dichter Ludwig Strauss und über Johann Gottfried Seume, den entschiedensten Wanderer unter den Literaten und seinen ›Spaziergang nach Syrakus‹. Im Spiel mit Sätzen und Zitaten entwickelte Kraft eine Philosophie des Wanderers.

Von Jugend auf sei Seume ein Skeptiker gewesen. Er habe viel gelesen, sich mit Plato, Aristoteles, Hobbes, Kant auseinandergesetzt, Rousseau als einzigen bewundert –, Seume, ein Selbstdenker, von metaphysischen Zweifeln geplagt.

Kraft schilderte den Mann, der 1802 nach Syrakus aufbrach, als sei er ihm unterwegs begegnet, als habe er von ihm erfahren, daß seine Zweifel am Handeln des Menschen nur noch den gesunden Menschenverstand gutheißen könnten, »den so wenige Philosophen haben und der doch heutzutage so nötig wird«.

Zwischendurch rief er mir Verse von Brentano, von Karl Kraus ins Gedächtnis. Er mußte nicht aufstehen, zum Regal gehen und in den Büchern nachschlagen. Er horchte in seine Arche hinein.

Längst hatte ich vergessen, daß ich mich in Jerusalem aufhielt. Das Leben, das diese Gelehrtenstube erfüllte, widersprach der Gegenwart nicht, aus der ich kam, doch es erklärte sie, brach sie auf. Erst viel später konnte ich die Gedanken fassen, die damals laut wurden in einer eigentümlichen Polyphonie der Epochen. Alle, die er nannte und zitierte, geisterhafte, in ihren Ideen ungemein gegenwärtige Gäste, hatten empfunden, wie die Geschichte sich verengt und die Erde erkaltet. Sie wanderten aus, um nicht erfrieren zu müssen und den Zustand unseres Sterns in der erfahrenen Unrast erkennen zu können. Sie durchstreiften keine von Gott verlassene Welt. Nur sind seine Verwalter längst der göttlichen Sprache unkundig. Sie retten sich, meinte Kraft, in Formeln, in Dogmen oder bequemen sich in ihren Auslegungen den mechanistischen Vorstellungen der Evolutionäre an. Ein derartiger Fortschritt falle dem Wanderer in den Schritt. Der Wanderer wisse es. Er widerspreche. Oder er behalte, resigniert, das Zauberwort für sich. Wie es in dem Gedicht von Ludwig Strauss geschehe.

Es war meinem Gastgeber wichtig, daß dieser vergessene Dichter wenigstens unserem Gespräch

nicht verlorengehe. Mein Schwager, sagte er, ehe er
das Buch aufschlug und vorlas, hat einige Gedichte
geschrieben, die zusammenfassen, was wir waren
und sind, die aber nur noch ein paar von uns Alten
hier kennen und deren Existenz mit uns erlöschen
wird – in einem Exil, das wir seit zweitausend Jahren als Heimat erhoffen. Als setze er das Gespräch
fort, begann er das Gedicht zu lesen, leise, ohne
Pathos:

»Die Nacht fing an. Die Erde kann
Mit starken Lichtern brennen.
Und die Leute sind noch bunt, und dazwischen
    ist ein Hund.
Und sie sehen elend aus, wie sie so rennen.

Die Sterne, ja, sie stehen wieder da.
Und doch ist der Welt bang.
Und das Meer kann nicht schlafen, und ein
    Schiff heult im Hafen.
Und der Wind wälzt sich stöhnend ab den
    Hang.

Das stammelt ringsum, und im Lallen bleibt es
    stumm
Und bleibt zusammen allein.
Ich kenne ein Gebet. Willst du wissen wie es
    geht?
Aber jetzt fällt mir der Anfang nicht mehr ein.«

Uns allen, fuhr Kraft ohne Pause fort, uns allen ist der Anfang entfallen. Und das Ende. Wir wollen es nicht wahrhaben. »Sie sehen elend aus, wie sie so rennen.« Was sind das für altkluge Kindersätze. Er faltete die Hände und zog sie sacht wieder auseinander. Im Grund sind wir ja noch gar nicht erwachsen und haben mit unseren ratlosen, bösen Spielen schon so viel verdorben, daß der Welt bang ist. Gott trieb uns aus dem Paradies, und die Erinnerung daran ist uns zum Verhängnis geworden. Die Empfindlichen, die ihrer Fremde Bewußten, sprechen es jetzt aus: »Jetzt fällt mir der Anfang nicht mehr ein.« Und das Ende. Mit jedem Einfall, den wir haben, kommen wir ihm näher.

Wir verabschiedeten uns voneinander, als würden wir aus einer Geschichte entlassen. Er begleitete mich vor die Tür, rief mir Wünsche nach, und es fiel mir ein, daß ich Noah in einem Gedicht den »Sternbildalten« genannt hatte.

Heimgekehrt las ich, damit unsere Unterhaltung noch kein Ende habe, das Nachwort, das er zu seiner Seume-Auswahl geschrieben hat. Ich hörte ihm wieder zu. Mit Nachdruck machte er mich auf die Furcht des Wanderers Seume vor der Philosophie aufmerksam. Vor einer Philosophie, die sich selbst nicht bewege, aber unentwegt bewegen möchte. Die Philosophie des Wanderers hingegen zeichne sich dadurch aus, daß sie dem Rhythmus der Schritte folge, die Welt nicht feststelle, sondern unterwegs mit der Welt sei und sie erfahre. Der Wanderer entferne sich nicht, um anzukommen, sondern um Welt aus der Distanz zu erkennen.

Vielleicht, ergänze ich ihn nun, meinen fernen Weisen in Jeruschalaim, könnten sie, diese Fremden, unsere wahren Philosophen werden.

Ich stelle mir vor, wie er sich, mir gegenübersitzend, ein wenig nach vorn beugt und leise anmerkt: Denken Sie nur an den Satz aus den ›Apogryphen‹ Seumes – »Wenn die Menschen endlich vernünftig sein werden, wird die Erde vielleicht am Marasmus senile sterben.«

13

Jede Wanderschaft hat ihre Orte, in jede Fremde können ein Platz, eine Aussicht, ein Haus, eine Haustür als ein Stück Heimat einbrechen, das überraschend Vertraute im Unvertrauten. Unversehens wird das Gedächtnis berührt, weiß Vergleiche, führt zurück. Es ist sogar imstande, an solchen Orten ein Wohlbefinden herzustellen, eine kindliche Sicherheit. *Hier* kann es sein wie damals *dort.* An solchen Orten hebt sich die Unwirtlichkeit wie von selbst auf. Die Geschichte aller und unsere Geschichte berühren sich für einen Augenblick, und alles, was uns fremd gemacht hat und noch fremd machen wird, alle die Distanzen, die wir nötig haben, um überhaupt noch bei uns sein zu können, heben sich wie unter einem großen wärmenden Atem auf.

Steine beginnen zu blühen, Häuser springen aus ihren Fundamenten, Bäume fangen an zu gehen – mit aufgerissenen Augen verfolgen wir, wie sie sich zu einem Bild zusammenfügen, das wir seit eh und je kennen, aus dem wir kommen, das wir vielleicht über lange Zeit vergaßen und das wiederzufinden wir längst aufgegeben hatten.

Als Andrej Tarkowskij, der russische Filmregisseur, zum ersten Mal auf das große, von einer steinernen Mauer gefaßte Becken in Bagno Vignoni zuging – es war ihm beschrieben worden, er hatte darüber gelesen und für den Dichter in seinem Film ›Nostalghia‹ sollte es *der* Ort sein, Zentrum einer ungestillten, seine Phantasie zersetzenden Sehnsucht –, als er auf dieses alte, mit rauchendem, aus der Erde gurgelndem Wasser gefüllte Becken zuging, schloß er die Augen. Nicht aus Furcht, daß die Wirklichkeit seiner Vision nicht entspräche, sondern um die Erfahrung, eingeschlossen ins Exil zu sein, bis zum Äußersten auszukosten. Er war nach Italien gekommen, ohne ein Wort italienisch sprechen zu können. Er hatte sein Land, Rußland, verlassen, weil er dort zu ersticken drohte. Aber Rußland war sein Land gewesen. Sein Gedächtnis bewahrte es auf als die Stätte einer Kindheit, in der er die Märchen angezogen hatte wie einen schützenden Mantel.

Es war Tag, als er die Augen öffnete und auf die Bühne sah, von der er geträumt hatte, an die er sich in einer fremden Umgebung erinnerte, auf der er sich seit eh und je aufgehalten hatte. Es war Tag, aber er sah das Becken, umgeben von strengen, allmählich verfallenden Häusern, bei Nacht. Lichter, die sein Gedächtnis anzündete, erhellten die unwirkliche Szene und setzten sich ziellos in Bewegung. Dieser Platz, auf dem nichts zu hören war als das Gurgeln des aus der Erde quellenden Wassers, nahm ihn auf wie einen Heimkehrenden. Er kehrte heim in die Geschichte, die er sich vorauserzählt hatte.

Endlich betrat sein zweites Ich, dem er seine unstillbare Sehnsucht nach Ferne aufgeladen hatte, die jedoch im Grunde nichts anderes war als Heimweh, den Ort, an dem sich dieser reißende Widerspruch für einen Augenblick aufhob. Ein von Magie umgrenztes Planquadrat als Zuflucht, ein winziges Stück Erde, das aufbricht wie ein Leib und Wärme abgibt. Diese Schamlosigkeit, diese Obszönität waren nur gemildert durch die geradezu kunstvoll arrangierte Umgebung. Die steinerne, schön gefügte Fassung des Beckens, die offene Säulenhalle, in der die Badenden früher sich zum Gespräch oder zur Ruhe fanden, und die strengen, nur durch Treppenaufgänge sich mitunter theatralisch auflösenden Fassaden.

Dennoch vermute ich, daß er hier, wo er noch einmal neue Bilder für eine alte, für seine Geschichte fand, sich seines Exils mehr denn je bewußt war. Daß die mürbe Schönheit von Bagno Vignoni ihm einen Schmerz zufügte, der ihn dem Tod nahe brachte. Das Unvertraute, das er nur in seinem unwirklichen, beinahe vollkommenen Zustand ertrug, entzückte ihn, konnte ihn aber nicht retten. Mit Heimkünften wie dieser betrügt die Phantasie den »Wanderer«. Der aus der ›Winterreise‹ wußte es: »Nur Täuschung ist für mich Gewinn!«

Ich fuhr mit Tarkowskijs Bildern nach Bagno Vignoni. Ich war darauf vorbereitet, daß die Wirklichkeit mir und auch ihm im nachhinein widerspräche. So konnte es nicht sein. Die toskanische Landschaft ließ in ihrer melodischen, hellen Ordnung nichts ahnen von den aberwitzigen Szenen, die seine Träume beschwert hatten. Wie hätte sich ein Russe hier zurechtfinden sollen, einer, der sich in seiner Sprache verschloß und der, wenn er um sich schaute, nur nach Signalen suchte, die auf seine Kinderheimat verwiesen.

Ein Schild führte uns von der Hauptstraße weg, einen Hügel hoch, auf dem Zypressen Wache gegen den Aprilwind hielten.

Bald wird Ostern sein. Auch das erinnerte er anders als die Menschen hier.

Bauarbeiter halten uns mit schweren Maschinen auf. Anscheinend wird überall gegraben, werden die Wege erneuert, verbreitert. Kann das die Spur sein, die er in der Wirklichkeit, die er gar nicht kennen wollte, hinterlassen hat?

Es ist keine Stadt, kein Dorf, in das wir hineinfahren. Wir stellen die Autos auf einem improvisierten Parkplatz vor einem Gatter ab, gehen ein paar Schritte – wieder legen Arbeiter Platten, pflastern den Weg – und plötzlich stehen wir in seinem Bild. So als habe sich zwischen zwei Lidschlägen die Szene verändert. Alles ist schon lange vorhanden, von ihm aber zum ersten Mal gesehen: das Becken, der Platz, die Häuser. Auch die Grundmelodie ist zu hören. Das monotone Gurgeln der Quellen.

Ich lehne mich über die steinerne Brüstung, gerate in eine Art von Trance, starre in das Wasser, über das der Wind Dunstwolken treibt. *Wie damals* geht es mir durch den Kopf, und erst später, als wir Bagno Vignoni schon wieder verlassen haben, wird mir bewußt, daß ich ein »Damals« übernommen habe, das mir nicht gehört, das ich mir angeeignet habe aus dem Leben eines andern.

»Fremd bin ich eingezogen, / Fremd zieh ich wieder aus.«

Da, denke ich, hat er zwischen diesen beiden Versen angehalten, beseligt von dem Wunsch, das Exil ertragen zu können.

Das Becken ist nur wenig gefüllt, und in dem warmen Wasser breiten sich die Algen am Grund

und auf den Leitungen aus, die vom Quellenaus-
gang zum Rand führen. Seit Ewigkeiten hat hier
niemand mehr gebadet, Heilung gesucht. Nur für
ihn mußte sein Schauspieler durch die Therme
waten und Kerzen tragen, den Traum erhellen.

Unterm Tageslicht wird die Brüchigkeit offenbar. Eine Schäbigkeit, die nicht durch stete Abnut-
zung entstand, sondern durchs Vergessen. Sie hat
Tarkowskij angezogen, die gegen den Lauf der Zeit
gleichgültig gewordene Ruhe dieses Orts. Er war
sich selber fremd geworden und nahm den Fremden ungerührt auf. Ich male mir aus, wie sie wo-
chenlang drehten, wie die Schauspieler sich nach
seiner Vorstellung bewegten, seine Sätze redeten,
ohne die Geschichte, die er für sich behielt, zu
erfassen. Die Geschichte enthielt eine Wahrheit,
die er nur als Ganzes preisgeben konnte.

Auf einmal fällt mir auf, daß die Lichter in den
Laternen rund um den Platz brennen. Als hätte
seine Nacht, die Nacht der ›Nostalghia‹ schon
begonnen.

Wir setzen uns in das einzige Café. Eine uner-
klärliche Unruhe hat mich erfaßt.

Als wir gehen, hat sich die Szene verändert. Ich
werfe noch einen Blick über die Beckenbrüstung.
Das Wasser ist mittlerweile gestiegen, und Arbeiter
entfernen die Algen vom Stein. Offenbar hat der
Film des Fremden, sein Ruhm, dafür gesorgt, daß
das alte Bad wieder in Betrieb genommen wird.

Die Uhren gehen wieder.
Tarkowskijs Heimkunft war eine Täuschung.

14

Je genauer wir unseren Planeten erkunden, je dichter das Netz der Kenntnis und der Mitteilung ihn
umschließt, je näher wir einander rücken, um so
heftiger und verletzender werden die Erfahrungen
von Fremde sein. Ein Hinweis dafür scheint mir
die Entschiedenheit, mit der gerade in einer Zeit, in
der das Verbindende zu einer verlogenen Ideologie
wurde, die ethnischen Minderheiten sich dem Zugriff der regierenden Mehrheiten widersetzen. Sie
bestehen darauf, nicht fremd gemacht zu werden,
bestehen auf Identität. Dialekte werden zu spre-
chenden Waffen. Der Wanderer schreitet nicht
mehr aus, er wendet sich nach innen. Kopfwanderer hat es immer schon gegeben, aus Neigung, aus
Furcht. Auch, um der Fremde zu entgehen und
nicht als Fremder erkannt zu werden. Die Kopfwanderer schränken sich ein, dennoch läßt sich
ihre erlittene Fremde in Spuren lesen, zum Beispiel
bei Mörike, bei Schubert.

Mörike bin ich nachgelaufen, bis mir der Atem
ausging.

Er ist ja nicht der pausbäckige Vikar, der saum-
selige Landpfarrer, der Gedichte schreibt. Mörike

war lustlos, ein vertrackter Erotiker, ein gefährdeter Wachträumer, der in seiner Angepaßtheit verschreckte Fremde.

Ich habe mich lange von ihm täuschen lassen.

Er hat mit Vorsatz den Biedermann gespielt. Ganz ist ihm das nicht gelungen. Wer seinen Gedichten die zweite Schrift unterlegt, dieses sich auf der schwäbischen Landkarte ausbreitende Gekrakel einer tief beunruhigten, befremdeten Existenz, erschrickt und beginnt anders nachzulesen.

Die wenigen, die über seinen Zustand Bescheid wußten, seine Familie, seine engsten Freunde, retuschierten, erzählten um, versuchten, ihn vor sich selber zu schützen. Seine Fluchtspur jedoch, ein irrwitziges Mäander durch eine ordentliche Gegend, spricht gegen die Pflichten, die sie ihm auferlegten, gegen die Erwartungen, mit denen sie ihn binden wollten, gegen die kleinbürgerlichen Verabredungen. In den Jahrzehnten der Restauration und des Vormärz verwechselte man vorsätzlich Gemüt und Gemütlichkeit. Schon darum nahmen die Verstörungen zu.

Mörike hat sich so gut wie nie öffentlich eingemischt. Er war keine politische Natur. Allenfalls dann, wenn es um seine Familie ging, seine Brüder, wagte er sich vor, nicht ängstlicher und nicht mutiger als andere, aber empfindlicher. Er half ihnen, da sie nicht fähig waren wie er, sich vor dem Sturz aus dem Ungenügen in die Fremde zu bewahren. Der jüngste Bruder gab früh auf, nahm sich mit achtzehn das Leben. Der älteste machte sich, ein Provinz-Herostrat, krimineller Handlungen schuldig. Mörike stand auch vor Gericht zu ihm. Vielleicht sah er in ihm den ungeschickten und deshalb ehrlichen Stellvertreter.

Die ganze Kalamität beginnt mit dem Tod des Vaters. Er war Arzt gewesen. Unvermittelt fällt die große Familie aus der finanziellen Sicherheit, aus dem selbstverständlich gewordenen Ansehen. Die Mutter setzt auf den Familiensinn, und Eduard, der eben zehn geworden ist, lädt sie die Zukunft auf, mit ihm möchte sie zurückgewinnen, was sie durch den Tod ihres Mannes verlor. Sie behält ihn auch nicht bei sich, wie die Töchter, sondern gibt ihn in die erzieherische Obhut eines einflußreichen Verwandten in Stuttgart. Der Junge soll den Bruch nicht zu spüren bekommen, im Milieu bleiben. Das zahlt sich aus. Als Eduard das Landexamen nicht besteht, macht der Onkel seinen Einfluß geltend, weist auf die Bedürftigkeit der Familie hin, auf deren Wohlanständigkeit, und der Junge kann dennoch aufs Seminar nach Urach.

Hätte er sich nicht da schon einer Verplanung widersetzen sollen?

War die notorische Faulheit, die ihm auf dem Stift häufig Strafen eintrug, nicht schon Ausdruck seines Widerwillens?

Er wollte überhaupt nicht Pfarrer werden. In diesem Beruf würde er, das führte er bereits als Student vor, immer ein Fremder bleiben.

Über die Zeit des Studiums hilft er sich mit Freunden. Er zieht Menschen an, fesselt sie mit seiner Phantasie, flüchtet mit ihnen nach Orplid. Auf diese Insel wird er, der träumende Wanderer, sich bald nicht mehr retten können. Das Studium endet. Die Freunde gehen auseinander, beginnen ihre Arbeit, die Fremde nimmt zu, und er reagiert wie ein Flüchtling.

Auf engstem Raum, in einer umgrenzten Landschaft, die auch die meine ist, beginnt er ein neurotisches Rösslspringen, das sich, will ich ihm folgen, nur in einem langen, immer atemloser werdenden Satz wiedergeben läßt:

Er muß nicht lange auf eine Berufung warten, Anfang Dezember 1826 stellt er sich als Vikar in Oberboihingen vor, offenkundig übellaunig und unzufrieden mit allem, denn er läßt seine Oberen wissen, daß ihm die Arbeit zu beschwerlich sei, er möchte versetzt werden, was auch, nach sieben Tagen, passiert, und er findet sich in Möhringen wieder, wo er dem Pfarrer weniger zur Hand geht, sich lieber einer Menagerie mit mehr als einem Dutzend Vögeln widmet, über den Winter und Frühling, bis der Pfarrer feststellt, daß er keinen Vikar mehr brauche, ihn wegkomplimentiert und Mörike nach Kirchentellinsfurt bestellt wird, dessen Pfarrhaus er aber nie zu Gesicht bekommt, da der Pfarrer in Köngen, Renz, ihn anfordert und er sich dort im Mai 1827 meldet – »Nun aber bin ich vielleicht besser besorgt als jemals«, findet er –, eine Zeitlang sich auch dem Tageslauf im Pfarrhaus anbequemt, ehe er sich bei dem Stuttgarter Onkel, der für ihn um einen Urlaub nachsuchen soll, über seine »Griesbeschwerden« beklagt, eine einleuchtende Bezeichnung für diese üble Mischung aus Griesgrämigkeit und Melancholie, diese psychosomatische Heimsuchung, er hat Erfolg, wird beurlaubt, wandert im Dezember hinüber zur Mutter, den Schwestern nach Nürtingen, läßt sich pflegen, bemitleiden, schreibt Gedichte, schreibt Briefe an die Freunde, kommt im Februar 1828 um eine Verlängerung des Urlaubs bis Ostern ein, wünscht sich anstatt des Vikardienstes sowieso lieber eine »geistlose Sekretairstelle, etwas beim Konsistorium oder meinethalben gar ein Kanzlistenpult«, schafft es, daß er das ganze Jahr ohne Stelle und in Frieden gelassen wird, kümmert sich um die Familie, den unglücklichen, kriminellen Bruder Karl, fällt den Freunden und sich mehr und mehr zur Last, bewirbt sich schließlich im Februar 1829 um ein Vikariat in Pflummern, wird Pfarrverweser, gerät nach der ersten Predigt in Zweifel, ob er für diesen Beruf tauge, fragt jedoch zugleich beim Konsistorium an, ob es ihn nicht als Pfarrer anstellen wolle, bekommt einen abschlägigen Bescheid, sieht zu, wie die Kirche in Pflummern abgerissen wird, und genießt danach den Vorteil, nicht mehr predigen zu müssen, erfährt von den Oberen, daß er nach Plattenhardt versetzt worden sei, als Pfarrverweser für den verstorbenen Pfarrer Rau, dessen Familie er vorsorglich besucht und dabei erfährt, daß sie noch für längere Zeit das Wohnrecht im Pfarrhaus habe, ein Sachverhalt, der ihn eher freut, da ihm unter den drei Pfarrtöchtern Luise auf den ersten Blick gefällt, und so kommt ihm der Umzug zustatten, auch seine Briefe heitern sich auf, und im August 1828 verlobt er sich mit Luise, die zwei Monate später mit der Familie nach Grötzingen zieht, ihn aber keineswegs allein an dem ihm für eine Zeit lieben Ort zurückläßt, da er im Dezember auf eigenen Wunsch nach Owen versetzt wird, wo er sich entschieden dem ›Maler Nolten‹ widmet, erneut kränkelt, sich im Mai 1830 für eine Kur freistellen läßt, im Juni, demütiger als sonst, bloß um eine Pfarrgehilfenstelle einreicht, kurz darauf aber als Pfarrverweser nach Eltingen geschickt wird, ständig unterwegs ist, sich mit Luise trifft, bei der Mutter wohnt, Freunde trifft, Pläne schmiedet, wochenweise entsetzlich verzagt sich in Nürtingen verkriecht, sich nur in Eltingen aufhält, um seine Versetzung zu betreiben, wozu sich das bemerkenswert nachgiebige Konsistorium auch bereit erklärt, sodaß er Mitte Januar 1832 in Ochsenwang antreten kann, dem kleinen Ort am Albtrauf, der ihm wie ein Adlerhorst erscheint, dessen Klima ihm aber, wie er unverzüglich feststellt, zusetzt, dem rauhen Klima verdanke er ein hartnäckiges Halsleiden, weshalb er sich bereits im Juli um die freigewordene Pfarrei Sülzbach bei Weinsberg bewirbt, die Oberen auf dieses Gesuch aber gar nicht reagieren, ihn sitzenlassen, er sich fügt, geduldig Kinderlehre hält, seiner Braut schreibt und ihre Vorwürfe erträgt und sich erst im Februar 1833 wieder traut, um Versetzung nachzukommen, nach Tamm möchte er oder nach Gebersheim, findet aber kein Gehör, wartet bis zum Juli, hört, daß in Kalmbach eine Pfarrstelle frei werde, wendet sich ans Konsistorium, das dieses Mal seinem Wunsch entspricht, den er schon nicht mehr hat, denn inzwischen möchte er Kalmbach mit Weilheim tauschen, und auch das wird ihm gestattet, der seine Arbeit in Weilheim aufnimmt, doch nicht für lang, drei Monate später predigt er, wenn überhaupt schon, in Owen, nachdem er seine Verlobung mit Luise gelöst hat – »Aber *ein* Licht an deinem Himmel, / Das du schon lange kennst, Luise, / Laß mich bleiben, ein helles, treues« –, und in Owen hält es ihn knapp vier Wochen, die Orte, die er wechselt, liegen nicht weit auseinander, er könnte seinem vorauseilenden Geist beinahe zurufen, wie nun von Owen nach Ötlingen bei Kirchheim, wo er am 21. April einzieht, und es fragt sich, ob er auf die Kanzel will, denn schon am 26. April erkundigt er sich bei seinen vermutlich mehr und mehr konsternierten Vorgesetzten in Stuttgart, ob er die Pfarre in Cleversulzbach übernehmen könne, und hat Erfolg, vielleicht, weil deren Geduld so kurz geworden ist wie sein Atem, und endlich wird er fest als Pfarrer angestellt, holt sich die Mutter, die ihm den Haushalt führen soll, Klara, die jüngste Schwester, die ihn von nun an bis zu seinem Tod begleiten wird, und für eine Weile den unseligen Bruder Karl ins Haus, richtet sich ein, will bleiben, es ist der 3. Juli 1834, doch ein Jahr später wird er krank, eine Nervenschwäche treibt ihm alle Energie aus, er muß sich auf der Kanzel vertreten lassen, bittet um einen Vikar, der im Oktober erscheint, und acht Jahre lang wird er kränkelnd unterwegs sein, sich mit Verlegern herumschlagen, Pläne schmieden, ausbrechen wollen, Vertretern und Vikaren die Kanzel überlassen, bis er, zwei Jahre nach dem Tod der Mutter, um vorzeitige Pensionierung nachsucht, die ihm der König, entgegen allen Regeln, gewährt.

Hier setze ich einen Punkt, obwohl keiner hingehört. Nur hält mein langer Satz seiner Unrast nicht mehr stand, gerät durcheinander. Es ist nun nicht mehr von dem Pfarrer Mörike die Rede, sondern von dem Schriftsteller, Lehrer, späten Ehemann und Vater, von einem, der am Rande der Armut angesiedelt ist, aus der Ehe ausbricht und dessen mäandrische Ungeduld im Alter zunimmt.

Ein neurotischer Flüchter auf engstem Raum. Die nächsten Stationen seien wie eine Litanei, deren Sinn vielleicht nicht einmal er kannte, aufgezählt: Wermutshausen, Schwäbisch Hall, Bad Mergentheim, Stuttgart, Lorch, Nürtingen, Stuttgart, Lorch, Fellbach, Stuttgart. Allein in Stuttgart zog er zwölfmal um.

Nein, ein zuverlässiger Pfarrer, eine Stütze seiner Gemeinde war Mörike nie. Es fällt auf, wie wenig er predigte, mehr noch, daß er sich scheute, auf die Kanzel zu steigen. Seine Gedichte, seine Briefe lesend, habe ich seine Skrupel begriffen. Ihm war das Wort tatsächlich heilig. Was er zu leben nicht fähig war, konnte er schreiben. Dem jungen Mörike flogen die wunderbaren, Gegenwelt schaffenden Zeilen zu, der Ältere mußte sie sich abringen und er bekam zu spüren, wie empfindlich Sprache gegen Erschöpfung ist. Die Arbeit an der zweiten Fassung des ›Maler Nolten‹ wurde zur Schinderei; die Wörter hatten keine Flügel mehr. Als sie noch leicht waren, als er sie wie Musik hörte, waren sie ihm zu schade für den sonntäglichen Sermon.

Sein Glaube, über den er sich nur zurückhaltend äußerte, bedurfte keiner Rhetorik. Die Zweifel und Verzweiflungen, mit denen er lebte, schloß er in sich ein. Mitunter wird sein ›Gebet‹ als Ausweis einer naiven Frömmigkeit angeführt. So läßt es sich verstehen. So kann ich es nicht verstehen. Das

Gedicht ist im übrigen nicht in einem Zug entstanden. Die beiden Strophen trennen Jahre. Die erste schrieb er vermutlich im Januar 1846, die zweite schon 1832:

> »Herr! schicke was du willt,
> Ein Liebes oder Leides;
> Ich bin vergnügt, daß beides
> Aus deinen Händen quillt.
> Wollest mit Freuden
> Und wollest mit Leiden
> Mich nicht überschütten!
> Doch in der Mitten
> Liegt holdes Bescheiden.«

Betet hier einer wirklich bescheiden? Fügt er sich in Demut? Ist mit der Mitte jenes Mittelmaß gemeint, das ihm manche unerlaubt zuschreiben? Ich lese die Verse als die eines Flüchtlings. Gottes Fülle, die er unvorsichtig rühmt, dieses ungebärdige Quellen, wünscht er in der zweiten Strophe gebändigt. Überschüttet werden will er von diesem Leid und Freude ausgießenden Segen doch nicht.

Wem rät er zu holdem Bescheiden? Sich oder Gott? Im Grunde keinem.

Was sich da sanftmütig verbrämt, ist nichts als Fatalismus. Es ist das Eingeständnis, fremd zu sein unter jenen, die ihn beanspruchen als den Ihren und ihn doch nicht ertragen.

Der Alte, den Storm mit Zuneigung, aber auch irritiert schildert, trennt sich von seiner Frau, zeitweilig sogar von der Tochter, der er ebenso vertraut wie seiner jüngsten Schwester. Er entfernt sich, ein Kopfwanderer, von Erschöpfung und Enttäuschung todmüde. Seit langem hat er kein Gedicht mehr geschrieben. Seinen einzigen Roman zerreibt er in ständig neuen Fassungen. Längst ist er beim Leiermann angelangt, der ihm die alten Lieder immer wieder spielt.

15

Ich bin mit Mörike von Wohnung zu Wohnung gezogen, habe Türen aufgerissen, für ein paar Tage, Wochen, Monate ein Zimmer in Besitz genommen, habe ihn allein gelassen in seiner letzten Stuttgarter Wohnung und nun lese ich bei Otto Erich Deutsch: »Schubert, der nur dreimal allein wohnte, hatte 17 verschiedene Adressen während seiner 31 Jahre. In den letzten elf Jahren seines Lebens bewohnte er 16 verschiedene Häuser.«

Die ›Winterreise‹ komponierte Schubert im Haus »Zum blauen Igel«, einem Durchhaus zum Wildpretmarkt (heute Tuchlauben 18, I. Bezirk). Er wohnte, nicht zum ersten Mal, bei seinem Freund Schober und verfügte über zwei Zimmer und eine Musikkammer, in der, nehme ich an, ein Klavier stand. Oft nämlich mußte er ohne eines auskommen. Er hat, das erzählen seine Freunde, meistens vormittags gearbeitet, derart konzentriert, daß ihn nichts stören konnte.

Wann genau er die Gedichte Müllers kennenlernte, wann ihm der Almanach mit der ›Winterreise‹ in die Hände fiel, ist nicht bekannt. Daß er Müllers Gedichte nach der ›Schönen Müllerin‹ aufmerksam las, ist anzunehmen.

Ich wüßte gern, wie er mit der Arbeit begann. Ob er, schon Themen hörend, zuerst einmal die Gedichte nach seinem eigenen Wanderrhythmus ordnete oder ob die Musik im nachhinein dafür sorgte. Ich denke mir, er beschäftigte sich zuerst mit den Gedichten, reihte sie neu, gab ihnen ihren von ihm erfahrenen und erlittenen Ort.

Vielleicht dachte er an den ersten ›Wanderer‹, den er elf Jahre zuvor vertont hatte, das hilflos klagende Gedicht von Georg Philipp Schmidt von Lübeck, das mit dem Vers endet: »Dort, wo du nicht bist, dort ist das Glück.« Er hatte diese Wörter auf eine musikalische Phrase gebettet, die, vielleicht gegen seinen Willen, von einer Sehnsucht durchdrungen war, die das Glück wohl kannte. Wenn es überhaupt ein anderes Glück gibt als das, von ihm zu schreiben.

Jetzt ist er schon weiter. Diese Frage stellt sich ihm nicht mehr, dieses Verlangen hat er nicht mehr. Sobald ihm die erste Note, der erste Takt der

›Winterreise‹ einfällt, ist er seiner Zeit ebenso voraus, wie es Wilhelm Müller schon war. Beide werden zu Vorboten, die uns heute als Boten erreichen.

Die Winterreise läßt sich topographisch nicht verfolgen, sie ist auf keiner Landkarte wiederzufinden. Der, der eine Unendlichkeit unterwegs war, ganz und gar aus der Zeit gefallen, hat sich nicht von der Stelle gerührt, er ist zum Kopfwanderer geworden. Sein Zustand entspricht, Lied für Lied, dem Zustand der Welt. Einer Welt, die ihren Sommer, Herbst verbraucht und ihren Winter erreicht hat. Der Leiermann weiß es, und Schubert hat es gewußt, als er die von Frost klirrende, auf Wiederholung zielende Einleitung des Liedes komponierte.

Im Februar 1827 schrieb er den ersten Teil des Zyklus, im Oktober den zweiten. Er mußte pausieren. Er hätte den Weg nicht in einem Lauf bestanden. Wie zum Atemholen komponierte er dazwischen unter anderen die ›Sechs Moments musicaux für Klavier‹ (D. 780), das Klaviertrio in B-Dur und mühte sich mit der Oper ›Der Graf von Gleichen‹.

Am 12. Oktober 1827 schrieb er an die ihm befreundete Nanette von Hönig einen Brief, den ich wie ein Reisebillett lese: »Es fällt mir schwer, Sie benachrichtigen zu müssen, daß ich heute Abends nicht das Vergnügen haben kann, in Ihrer Gesellschaft zu seyn. Ich bin krank, und zwar von *der* Art, daß ich für jede Gesellschaft gänzlich untauglich bin. Mit der nochmaligen Versicherung, daß es mir außerordentlich leid thut, Ihnen nicht zu Diensten zu seyn können, verbleibe ich Ihr ergebenster Frz. Schubert.« »Ich bin krank, und zwar von *der* Art …«, er hätte Fräulein Nanette ebensogut mitteilen können, daß er in einer Weise erschöpft sei, die sie nie begreifen werde. Er halte sich in einer anderen Jahreszeit auf, und ihm sei es schlechtweg unmöglich, ohne Musik von dem Erdwinter zu reden, den er immer von neuem und immer realer erfahre.

Für den 1. Teil der ›Winterreise‹ erhält er wenige Tage darauf, am 24. Oktober, den Zensurvermerk: »Excudatur«. Er hatte die Partitur so undeutlich geschrieben, daß sie für den Druck vom Verlag neu geschrieben werden mußte, hatte, um den Zensor zu täuschen, die Gefahr vertuscht, kundig im Frost. Der Name des Zensors ist bekannt. Er hieß Schodl.

Ich nehme an, daß Schober von diesem Streich wußte. In mancher Hinsicht war er Reisegefährte, freilich ein launischer, der den Winter nur zeitweilen ertrug, der Schubert über weite Wegstrekken verließ, seine Belustigungen brauchte, wie schon die Jahre vorher. Schobers Leichtfertigkeit unterhielt Schubert, und sie war ihm teuer zu stehen gekommen, denn ihm, der ihm wahrscheinlich seine Furcht vor Frauen, vor der Liebe hatte

austreiben wollen mit einem Besuch im Huren-
haus, verdankte er seine Krankheit, die Syphilis. Es
könnte sein, daß sie ihm nun, nach der ›Winterreise‹, so erschien wie ein Ausschlag, der auch die
Erde befallen hat. »Vom Abendrot zum Morgenlicht / Ward mancher Kopf zum Greise.«

Nicht erst die Syphilis hat ihn fremd gemacht.
Seit er als Zwanzigjähriger mit seinem Vater, der
darauf drang, daß er endlich eine vernünftige Anstellung finde, gebrochen hatte, mehrten sich die
Zeichen des Fremdseins. Er vagabundierte, lebte
von der Hand in den Mund und von den Almosen
der Freunde. Er war vogelfrei und verschwendete
keine Mühe darauf, ein bürgerliches Leben zu
beginnen.

Wieder komme ich seiner Atemlosigkeit nur in
einem einzigen langen Satz nach:

Er hat mit dem Vater gestritten, nicht zum
ersten Mal und nicht so, daß die traurige Wut seine
Rückkehr nicht erlaubt, denn er hat sich ernsthaft
um eine Musiklehrerstelle bemüht, Salieri hat ihm
ein Zeugnis ausgestellt, die Wiener Stadthaupt-
mannschaft ebenso, er weiß, daß Spaun dem großen Goethe zwölf Lieder schickte, die allerdings
ohne jeglichen Kommentar zurückkommen werden, aber jetzt gibt er dem Impuls nach, irgendwo
Zuflucht und Ruhe zu suchen, findet Unterschlupf
bei Spaun (Vorstadt Landstraße Nummer 97,
heute Erdbergerstraße 27, III. Bezirk), schafft es,

wie auch später oft, in dem einen engen Zimmer, das sein Freund mit ihm teilt, nicht aufzufallen, morgens sich in der Arbeit, für die ihm kein Klavier zur Verfügung steht, so zu entfernen, daß er Spaun unheimlich wird, hält die abwartende Spannung zwischen dem Vater und sich ein paar Wochen lang aus, kehrt zurück, dient wieder als Hilfslehrer in der vom Vater geführten Schule, singt mit den Kindern, singt, wie er als Bub bei den Sängerknaben gesungen hat, kümmert sich nicht um seine Zukunft, komponiert, wenn die Zeit es ihm erlaubt, trifft sich mit den Freunden in Lokalen, trinkt und träumt, bis es dem Vater reicht, er ihn stellt, sie sich nichts zu sagen haben, nur ihren Trotz messen, und er, ohne sich zu verabschieden, fortgeht, das ist im Herbst 1816, als Gast von der Familie Schober aufgenommen wird (Innere Stadt Nummer 592, Haus »Zum Winter«, heute Tuchlauben 26, I. Bezirk), ein anspruchsloser Gast und ein nach dem vormittäglichen Arbeiten zu jedem Vergnügen abrufbarer Freund, doch in sein Tagebuch trägt er mit einer Kinderschrift, die schon lernt, übers Papier zu jagen, seine Antwort auf die Abenteuer mit Schober ein, »Leichter Sinn, leichtes Herz. Zu leichter Sinn bringt meistens ein *zu* schweres Herz«, das hätte noch lange so gehen können, wäre nicht die Nachricht gekommen, daß Schobers kranker Bruder, ein Offizier, aus Frankreich heimkehre und Schober sich auf den Weg macht, den Bruder abzuholen, der aber unterwegs stirbt, nur hat Schubert schon sein Zimmer geräumt und ist, da er so rasch keine neue Bleibe findet, keineswegs reumütig für ein paar Wochen heimgekehrt in das väterliche Schulhaus (Vorstadt Himmelpfortgrund Nummer 10, Haus »Zum Schwarzen Rössel«, heute Säulengasse 3, IX. Bezirk), meidet den Vater, beredet sich mit der zweiten Mutter, ist auf dem Sprung und sucht mehr denn je die Gesellschaft der Freunde, zieht allerdings mit um, als dem Vater ein neues Schulhaus angeboten wird (Vorstadt Roßau Nummer 147, jetzt Grünetorgasse 18, III. Bezirk), erkundet hartnäckig die Sonatenform und kann dem Vater die erste Veröffentlichung eines Liedes im ›Mahlerischen Taschenbuch‹ vorlegen, nimmt, um seinen guten Willen zu beweisen, im Sommer 1818 eine Musiklehrerstelle beim Grafen Esterhazy in Ungarn an, schreibt dem Vater, wie gut es ihm gehe, schreibt den Freunden Schober und Spaun: »Unser Schloß ist keins von den größten, aber sehr niedlich gebaut. Es wird von einem sehr schönen Garten umgeben. Ich wohne im Inspectorat«, schreibt, »Für das Wahre der Kunst fühlt hier keine Seele, höchstens dann u. wann (wenn ich nicht irre) die Gräfinn. Ich bin also allein mit meiner Geliebten, und muß sie in mein Zimmer, in mein Klavier, in meine Brust verbergen«, schreibt, »mehrere Lieder entstanden unter der Zeit, wie ich hoffe, sehr gelungene«, doch nur drei bleiben erhalten, darunter ›Einsamkeit‹, die ihm mehr und mehr zusetzt, so daß er im Herbst heimkehrt, jetzt so heftig mit dem Vater zusammengerät, daß keine Versöhnung mehr möglich scheint, er zu Mayrhofer zieht (Innere Stadt Nummer 420, heute Wipplingerstraße 2, I. Bezirk), der, wie Schober, für seine Vormittagsruhe sorgt, so daß er in den eineinhalb Jahren dieses Domizils das ›Forellenquintett‹ schreiben kann, aber auch ungezählte Lieder, darunter den ›Prometheus‹, und, wie immer, an den Nachmittagen und Abenden die Freunde um sich versammelt, neuerdings auch Moritz von Schwind (der sich Jahre danach mit Mörike anfreunden wird), bis Schubert sich von Mayrhofer trennt, umzieht und zum ersten Mal ein Jahr lang ohne den Schutz eines Freundes wohnt (Innere Stadt Nummer 380, heute Wipplingerstraße 21, I. Bezirk), das jedoch nicht lange aushält, von neuem sich für zwei Jahre, 1822 und 1823, bei der Familie Schober einmietet (Innere Stadt Nummer 1155, »Göttweigerhof«, heute Spiegelgasse 9, I. Bezirk), da schreibt er die ›Wanderer-Phantasie‹, die ›Unvollendete‹, die ›Mignon-Lieder‹ und die fünfte Fassung eines seiner bekanntesten Lieder, der ›Forelle‹, da findet im Kreis der Freunde die erste »Schubertiade« statt, da gibt er den Versuchungen Schobers nach, wenn er sich schon vor der Liebe fürchte, sie wenigstens bei den Huren auszuprobieren, und holt sich die Syphilis, flieht, obwohl es ihm schwerfallen muß, für ein paar Wochen ins väterliche Schulhaus, bekommt von seinem Freund Huber einen Platz in dessen Wohnung angeboten (Innere Stadt Nummer 1187, heute Stubenbastei 14, I. Bezirk), vergräbt sich wieder in die Arbeit, vergeudet seine musikalische Phantasie an ein Opernlibretto von Kuppelwieser, komponiert für Wilhelmine von Chézys läppisches Schauspiel ›Rosamunde‹ Zwischenmusiken und läßt Schober, der auf Reisen ist, diesen Freund, den er braucht und der ihn mißbraucht, in einem Brief wissen: »Fülle die Sehnsucht nach Dir nur einiger maßen aus, indem Du mir schreibst, wie Du lebst u. webst. – Ich habe seit der Oper nichts componirt, als ein paar Müllerlieder. Die Müllerlieder werden in vier Heften erscheinen, mit Vignetten von Schwind«, versteckt sich eine Zeitlang in der Huberschen Wohnung, weil die Krankheit ihm ebenso zusetzt wie eine Kur, die Abhilfe schaffen soll, und am 24. Dezember 1823, am Heiligen Abend, kann Schwind Schober melden: »Schubert ist es besser, es wird nicht lange dauern, so wird er wieder in seinen eignen Haaren gehen, die wegen des Ausschlags geschoren werden mußten. Er trägt eine sehr gemütliche Perücke«, wobei es sich fragt, ob er sie bis zu seinem Ende trug, ihm ist es aber für den Augenblick gleich, er kann wieder unter die Leute, Schubertiaden finden wieder statt, Vogl singt seine Lieder, da hat er sich erneut, vielleicht noch des Ausschlags wegen, für den Winter ins väterliche Schulhaus geflüchtet, zum letzten Mal, und erträgt notgedrungen die Verachtung des Vaters, bezieht im Februar 1825 ein Zimmer, das er ganz für sich allein hat (Vorstadt Wieden Nummer 100, heute Technikerstraße 9, IV. Bezirk), hält sich im Sommer in Oberösterreich auf, in Linz, Salzburg, Gmunden und Gastein, schreibt eine Symphonie, die verloren geht, verloren gehen soll, um eine Legende zu sein, die ›Gasteiner‹, befreundet sich mit Eduard von Bauernfeld und schreibt, jetzt seiner sicher und gegen alle früheren Streitigkeiten an die Eltern: »In Oberösterreich finde ich allenthalben meine Compositionen«, gibt, heimgekommen, dies drückt nichts aus als eine Bewegung, sein Zimmer auf, zieht in den Vorort Wöhring, und dieses eine Mal ist die genaue Adresse nicht bekannt, haust zeitweilig mit Schober und Schwind zusammen, und Schober ist es auch, der ihn im Herbst 1826 in seine neue Wohnung mitnimmt (Innere Stadt Nummer 765, heute Bäckerstraße 6, I. Bezirk), und ich weiß, daß zu diesem Zeitpunkt Hölderlins Gedichte erscheinen, herausgegeben von Uhland und Schwab, ich weiß aber nicht, ob Schubert je von ihnen gehört, sie je gelesen hat, während er an der Sonate in G-Dur arbeitet und das im Frühjahr komponierte Streichquartett in d-Moll (›Der Tod und das Mädchen‹) zum ersten Mal aufgeführt wird, da entfernt er sich, über den Winter, aus Schobers Schutz, wohnt erneut allein (Innere Stadt, auf der Bastei beim Karolinentor, gegenüber dem jetzigen Stadtpark, I. Bezirk), bekommt von der Leipziger ›Allgemeinen musikalischen Zeitung‹ eine ausführliche Kritik der ›Wandererfantasie‹ – »Sind wir bei dieser Komposition länger verweilt, als es im Andrange der Novitäten … gewöhnlich geschieht …: so halten wir uns für gerechtfertigt dadurch, daß sie selbst keine gewöhnliche ist« –, feiert mit Schwind, Schober, Spaun und andern Freunden das neue Jahr, 1828, wobei Bauernfeld ein Gedicht vorträgt, das ihnen vorauseilt, scheinbar mehr weiß, »Es rollen die immer kreisenden Jahre / hinunter, hinunter – du hältst sie nicht! / Sie bauen die Wiege, sie zimmern die Bahre, / sie hüllen in Dunkel, sie zünden das Licht: / dem einen zur Freude, dem andern zur Klage / drängen und wechseln die flüchtigen Tage«, und er hört zu, und es fallen ihm Gedichte Heines ein, die ihn seit kurzem so mitnehmen wie keine anderen, er ist sicher, daß er einige von ihnen vertonen wird, doch jetzt, im März 1828, hat er längst die Wohnung auf der Bastei verlassen, weil er sie entweder nicht mehr zahlen kann oder einfach die Nähe Schobers braucht, bei dem er noch einmal unterschlüpft (Innere Stadt 556 und 557, jetzt Tuchlauben 18, I. Bezirk), was ihn nicht zurückhält, eine Zeitlang im Gasthof »Zur Kaiserin

Österreich« zu wohnen (Heute Dornbacherstraße 101, VII. Bezirk), aber da ist die ›Winterreise‹ schon geschrieben, der 1. und 2. Teil, das Glück über das erfolgreiche Konzert im »Roten Igel« schon verklungen, »die zahlreich versammelten Freunde und Protektoren ließen es an rauschendem Beifall bei jeder Nummer nicht fehlen und mehrere derselben wiederholen«, Kopfschmerzen plagen ihn jetzt, Unpäßlichkeiten, er zieht sich zurück, fühlt sich bei Schober, dessen ausdauernde Heiterkeit ihn reizt, nicht mehr wohl, zieht im September 1828 zu seinem Bruder Ferdinand (Vorstadt Wieden Nummer 694, »Zur Stadt Ronsberg«, heute Kettenbrückengasse 6, IV. Bezirk, Gedenkstätte) und schreibt, kaum hat er sein Kabinett nach der Straße bezogen, in einem Monat, in einem Zug vier Kompositionen, mit denen er sich seiner Wanderschaft endgültig inne wird, die zur Winterreise gehören, in denen er seine Fremde stolz und unverhohlen bekennt: die drei Klaviersonaten in c-Moll, A-Dur und B-Dur und das Streichquintett in C-Dur, und auch sein Eifer, Verleger von Rang zu finden, nimmt noch einmal zu, er korrespondiert mit Schott, erwartet eine »erfreuliche und baldige Antwort«, die ihn aber nicht mehr erreicht, denn seine Kraft schwindet, die Krankheit frißt ihn von innen her, und, als wolle er den fahrlässigen, doch treuen Gefährten bestätigen, sucht er ein letztes Mal Kontakt mit

Schober, zwar auch mit einer Bitte, vor allem jedoch mit der Auskunft über das Ende der kurzen, unruhigen Reise: »Lieber Schober! Ich bin krank. Ich habe schon 11 Tage nichts gegessen u. nichts getrunken u. wandle matt u. schwankend von Sessel zu Bett u. zurück. Rinna behandelt mich. Wenn ich auch was genieße, so muß ich es gleich wieder von mir geben«, worauf nichts mehr zu sagen ist, worauf er die Augen schließt und jene Stimme hört, die immer zuerst seine Lieder sang: Fremd bin ich eingezogen, fremd zieh ich wieder aus.

Am Mittwoch, den 19. November 1828, nachmittags um 3 Uhr, stirbt Franz Schubert. Als Todesursache wird Nervenfieber angegeben.

Ich schreibe es so nach, wie ich es lese.

Ich könnte auch schreiben: an der Syphilis, an der Müdigkeit.

Er hinterließ: 3 tüchene Fräcke, 3 Gehröcke, 10 Beinkleider, 9 Gilets, 1 Hut, 5 Paar Schuh, 2 Paar Stiefel, 4 Hemder, 9 Hals- und Sacktüchel, 13 Paar Fußsäckeln, 1 Leintuch, 2 Bettziechen, 1 Matratze, 1 Polster, 1 Decken und nicht einen Groschen.

Die unerhörte Ruhe, die Schubert unterwegs für seine Arbeit aufbrachte, bleibt ein Wunder.

Nur zögernd entferne ich mich von ihm. Ich sehe ihn als einen Wanderer, der sich seiner Zeit viel bewußter war, als seine Freunde ahnten, einer, der sich melancholisch an die Aufklärung erinnerte und der getarnt der Restauration gewachsen war und die kommende Fremde, unsere Fremde, in seiner Musik einholte.

16

Noch bin ich nicht am Ende meiner Reise angelangt. Nach allem, was ich bisher einsammelte, werde ich wohl keines schreiben können. Eher Auskünfte über Durchgangsstationen.

Manchmal erfaßt mich die Furcht, daß die Erde die Menschen abschüttle oder daß unsere Geschichte sich jenseits von jedem Sinn beschleunige.

Während ich stockend diese Sätze schreibe, schaue ich auf ein Bild des schwäbischen Malers Fritz Ruoff. Seit zwanzig Jahren hängt es über meinem Schreibtisch. Gemalt wurde es 1952. Bis heute hat es sich mir nicht ganz erschlossen. Es ist eine Trauertafel. Die Farbe wurde mit dem Spachtel aufgetragen. Durch eine graue, ascheähnliche Schicht brechen in schwarzen Linien Erinnerungen an Figuren, an die Schatten von Flüchtenden und Verbrannten. Es ist eine erdachte, zugleich erlittene Welt.

Damals, als Ruoff diese Serie von Tafeln malte, sah ich ihm oft bei der Arbeit zu. Ich hatte endlich in der kleinen Wohnung an der Bahnlinie nach Tübingen Zuflucht gefunden. Daß Ruoff, der so alt war wie mein Vater, mich ohne jeden Vorbehalt aufnahm, verdankte ich seiner Frau. Sie führte die Leihbibliothek der Arbeiterwohlfahrt, die mir bald nicht mehr genügte, und so schickte sie mich zu ihrem Mann, er werde mir seine Bücher borgen.

Wichtiger als die Bücher wurden mir jedoch bald die Gespräche, die wir über seine Bilder und unsere Geschichte führten. Anfangs erzählte er so gut wie nichts von sich, fragte mich aus, hörte zu. Er wollte vermutlich prüfen, ob er sich dem Jungen, der oft verletzend und arrogant reagierte, anvertrauen konnte. Die Fremde hob sich nicht gleich auf. Vor allem begriff ich nicht, daß er nicht weniger fremd war als ich, obwohl er Nürtingen nie für längere Zeit verlassen hatte, die kleine Stadt, an deren Enge ich mich wütend rieb.

Seine Ruhe nahm mich auf, so lange, bis ich spürte, daß er sie nur mit Not bewahrte und wie ich, wenn auch auf andere Weise, unterwegs war. Von anderen hörte ich, er sei Kommunist, sei, als die Nazis an die Macht kamen, in Haft gewesen, in Rottenburg, und habe danach eine Zeitlang in Nürtingen die Straße kehren müssen. Das erzählte er mir später selber. Vorher offenbarte er behutsam, Schritt für Schritt, seine Fremde. Er hatte sie angenommen. Zu Beginn erschien sie ihm wahrscheinlich notwendig als Distanz zu allen Einschränkungen, zu dem kleinbürgerlichen Milieu, aus dem er kam und das ihn, ohne daß er sich dessen bewußt wurde, mit Bequemlichkeiten bestach. Freunde halfen ihm auf den Sprung, Grieshaber, der Bildhauer Eugen Maier und andere. Er brauchte sie. Die Mutlosigkeit gehörte zu seinem Wesen, die schleichende, jede Aktivität zersetzende Depression.

Lese ich heute die Schrift seiner Bilder, seiner Grafiken von den ersten Versuchen an, dann verblüffen mich die Abbrüche und Wiederansätze, die oft langen Pausen von Ratlosigkeit.

Als er die Zeugnisse seiner Fremde – Beglaubigungen eines leisen und klugen Widerstands vor mir ausbreitete, merkte ich noch in der Nacherzählung, daß jedes Stück Papier, jeder Brief, jedes Flugblatt, jede Zeitung ihn auch jetzt noch bestärkte. Er las vor, erläuterte Zusammenhänge.

»Die Freunde« nannte sich die Gruppe nach dem Krieg, Maler und Bildhauer. Ihre Freundschaft war während der Nazizeit, als der eine in die Strafkompanie gepreßt wurde, der andere im Gefängnis saß, bestärkt worden. Manche hatten sich über Jahre nicht gesehen. In der langen Trennung hatten sie ihre Gemeinsamkeit nie in Frage gestellt. Nun aber, nachdem alles vorüber war, die alten Kräfte aufgebraucht waren, fiel ihnen die Verständigung über die Zukunft schwer. Die einen beharrten – Stalin regierte noch – auf den einstmals rettenden parteiischen Positionen, die anderen erhofften eine Republik der »Barfüßigen«, der Brüderlichen. »Dein Austritt kam mir doch überraschend – gerade bei Dir, der Du doch mit seltener Treue die vielen Jahre ausgehalten hast«, schrieb Ruoff einem Freund, der die kommunistische Partei verlassen hatte. Fremd blieben sie alle in einer sich rasch wandelnden, von den einstigen Tätern und Mitläufern korrumpierten Gesellschaft. Sie gaben nicht auf, widersetzten sich gegen die um sich greifende Erinnerungslosigkeit, das Umerzählen der Geschichte. Sie pflockten hartnäckig Erinnerungsbilder in den Treibsand.

Ich habe die Ausstellung ›Die Freunde‹ in Stuttgart nicht gesehen. Im September 1947 kannte ich Fritz Ruoff noch nicht. Aber ich holte nach, entdeckte in den Ateliers im einzelnen wieder, was für einen Augenblick zusammengehört hatte, die Skulpturen, Reliefs, Grafiken, Zeichnungen. Ruoff hatte mich gelehrt, ihre Botschaft zu verstehen. Er hatte dafür Geduld aufbringen müssen, denn ich dachte in einer anderen Sprache als er. Noch immer begehrte ich auf, vermochte nicht einzusehen, daß die Parolen, die mich begleitet, »geführt« hatten, mörderisch gewesen sind und daß jene, die mir als Unmenschen geschildert worden waren, auf einmal im Besitz der Wahrheit sein sollten. Er ließ mich gegen diese Wahrheit anrennen, ohne auch nur einmal zu spotten. Er verstand meinen Schmerz und verachtete um so grimmiger seinen Grund.

Die Bilder der »Freunde« fingen an, mich zu überzeugen, ihr Pathos ergriff mich, ihre Wirklichkeit wurde zu meiner. Fremd bin ich eingezogen, fremd zieh ich wieder aus. Nie habe ich mit Ruoff über den Wanderer gesprochen. Doch in den bescheidenen Ateliers von Renz, Raach, Eugen Maier, Werner Oberle, Grieshaber und Ruoff begegnete ich ihm. Keinem Märtyrer, sondern einem Ausdauernden, der den Stern, seinen Stern, nie aus dem Blick verlor und im Schatten des Kreuzes wachte.

»Laßt keinen von Euch zurück! Nehmt ihn, unter welchen Mühen auch immer, geistig mit«, hatte Grieshaber gefordert. Sie teilten die Erfahrung, Fremde zu sein, wurden sich jedoch mit der Zeit auch wieder fremd. Grieshaber schaffte sich streitend und mit großer Geste Öffentlichkeit.

Ruoff hingegen zog sich mehr und mehr zurück. Die Stadt kümmerte ihn nicht mehr. Was sie ihm angetan hatte, wurde als Wunde auf seinen Blättern sichtbar, als Kreuz, Riß, Verschattung.

Übrig geblieben war ihm die Landschaft um Nürtingen, die ich durch ihn sehen lernte und bis auf den Tag mit seinen Augen sehe. Oft zogen wir los, wanderten über die Hügel, den Säer und den Galgenberg. Er brauchte diese Bewegung, ging bewußt in die Landschaft hinein, schaute, bewahrte, atmete auf. Er nahm Hölderlins Aufforderung »Komm! ins Offene, Freund« ernst, da sich hier seine Existenz verändert fortsetzte, keineswegs zurückgenommen und eingeschränkt, sondern in einem bescheidenen und ganz wörtlich verstandenen weitblickenden Stolz.

Noch seine späten, dem Schmerz und der Schwäche abgerungenen Zeichnungen nehmen diese Landschaft wahr und auf.

Nur im Gehen kann er so gelöst, so im Rhythmus seiner Schritte denken und sprechen. Er geht in sich und er geht aus sich hinaus.

Er sagt: Du mußt lernen, auf die Leute zu hören, auch auf die, denen du mißtraust oder die du verachtest. Manchmal entdeckst du gerade unter denen einen, der dir weiterhilft, weil er sich gegen dich wehrt.

Er sagt: Wahrscheinlich hat Camus recht, wenn er Sisyphos für einen glücklichen Menschen hält. Er kommt nicht über sich hinaus, wälzt seinen schweren Stein den Berg hoch und muß ihn wieder hinunterrollen lassen und nimmt seine Arbeit von neuem auf. Er braucht keine Götter, keine Anweisungen, bloß den Berg und den Stein.

Er sagt: Ich habe die Partei verlassen, nach all den Jahren. Er sagt es, als sei ihm eben der Stein, den er hochwuchtete, entglitten.

Er sagt: Ich kann immer nur beginnen. In meiner Arbeit gibt es keine Fortsetzung, nur Einsätze.

Er sagt: Ich habe aufgehört, Skulpturen zu machen.

Ich gehe neben ihm her. Er schweigt. Ich wage es nicht, sein Schweigen zu brechen.

Er sagt: Du hast mir vor ein paar Tagen von Becketts Stück erzählt, und bleibt stehen, als wüßte er, daß das Spiel am Ende verlangt, stehen zu bleiben. Da kommt doch ein Junge, fragt er. Ja, erzähle ich, aber vorher haben Wladimir und Estragon schon Ewigkeiten auf Herrn Godot gewartet, der angekündigt ist, der sich ankündigte und nicht erscheint, an seiner Stelle kam nur Pozzo und der hundeähnliche, armselige Lucky, doch dann taucht unvermutet der Junge auf und gibt ihnen auf ihre Fragen nach Godot die sonderbarsten Antworten. Beispielsweise fragen sie, was Herr Godot tue, und der Junge erwidert, er tue nichts. Sie stellen auch die Kinderfrage, ob Herr Godot einen Bart trage, was der Junge bestätigt, womit sie sich aber nicht zufrieden geben, und Wladimir insistiert, möchte wissen, ob er blond oder schwarz sei, doch der Junge glaubt, daß Herr Godot einen weißen Bart habe, was Wladimir mit dem Ausruf »Barmherzigkeit!« quittiert. Der Junge rennt weg. Er läßt, erzähle ich, Wladimir und Estragon wieder allein auf der Bühne, auf der ein einziger Baum steht. Sie wollen gehen, wollen sich am nächsten Tag aufhängen, falls Herr Godot nicht erscheint. Sie sind unschlüssig. Schließlich fragt Wladimir: »Also? Wir gehen?« Estragon unterstützt ihn in seinem Vorsatz: »Gehen wir!« Aber in der Bühnenanweisung heißt es: »Sie gehen nicht von der Stelle.«

Er geht wieder neben mir her. Er sagt: »So lebte er hin.« Das mußt du lesen. Büchners Novelle ›Lenz‹.

Er sagt: Fahr nach Zürich, schau dir die Giacometti-Ausstellung an. Du mußt es tun. Giacometti weiß, wie wir sein werden nach dem Feuer, nach der platzenden Erde.

Ich fahre nach Zürich.

Er sagt: Du mußt raus, mußt fort von hier, sonst wirst du ersticken. Ehe ich ihn fragen kann, weshalb er es hier aushielt, stemmt er sich mit einem furchtbaren und genauen Satz gegen seine eigene Geschichte: Ich kann nur hier sein.

Als ich wiederkam, war er schon zu schwach, um über die Hügel zu wandern. Er saß zu Hause, schrieb auf Blätter die Zeichen eines erneuten Aufbruchs. »Im Dunkeln wird mir wohler sein.«

Er sagte: Ich glaube, ich habe mich nicht verraten.

17

Eben komme ich von der Schwäbischen Alb nach Hause. Endlich, viel zu spät, brach das Jahr in den Frühling auf, der Himmel wurde hoch und wolkenlos. Der Morgen hatte noch etwas Dunst hinterlassen, die Wacholderbüsche zogen wie gebeugte Beerensammler die Hänge hinauf.

Hier bin ich oft gewandert, den Wanderwegen Hölderlins gefolgt:

Nachdem er im April 1801 aus seiner letzten Hofmeisterstelle in Hauptwil entlassen worden war, lief er – in Lindau hatte er Station gemacht – über die Alb, die wie jetzt mit blühenden Bäumen und einem hellen kinderhaften Grün ihre Rauhheit vergessen machte.

Er schrieb die ›Heimkunft‹, fühlte sich aufgenommen von der »Sprache der Mutter« und wurde dennoch fremd, merkte, daß Nürtingen ihn auswies. Er hatte sich in der Heimkunft getäuscht. Bei Schiller bemühte er sich um eine Position an der Universität in Jena. Vergeblich. Schiller mißtraute ihm, von Goethes Zweifel beeinflußt.

Wo sollte er bleiben?

Nicht in diesem Vaterland. Er bittet seinen Stuttgarter Freund Landauer, seine Verbindungen als Kaufmann zu nutzen und ihm eine Stelle als Hauslehrer im Ausland zu besorgen. Es findet sich eine in Bordeaux.

Bevor er sich aufmacht, nimmt er Abschied. An seinen Bruder Karl schreibt er: »So viel darf ich gestehen, daß ich in meinem Leben nie so fest gewurzelt war ans Vaterland, im Leben nie den Umgang mit den Meinigen so sehr geschätzt, so gerne zu erhalten mir gewünscht habe! – Aber ich fühl es, mir ists besser, draußen zu sein, und Du, mein Teurer! fühlst es selber, daß zum einen, wie zum andern, zum Bleiben, wie zum Wandern, Gottes Schutz gehört, wenn wir bestehen sollen. Dich erhält in Deiner Art besonders die Geschäftigkeit. Sonst würd es Dir zu enge werden. Mir ist not, vorzüglich, mit der rechten Wahl das Meinige zu tun. Sonst würd ich zu zerstreut dahingerissen.«

Hölderlin unterscheidet seine Unruhe von der Geschäftigkeit des Bruders. Unterscheidet den Wanderer vom Kopfwanderer. Da ist er schon unser Zeitgenosse.

Hölderlin verläßt das Vaterland, sträubt sich gegen seine erfahrene Fremde, um ungeschont fremd bleiben zu können. In einem Brief an seinen Freund Böhlendorf macht er kein Hehl daraus: »Ich bin jetzt voll Abschieds. Ich habe lange nicht geweint. Aber es hat mich bittre Tränen gekostet, da ich mich entschloß, mein Vaterland noch jetzt zu verlassen, vielleicht auf immer. Denn was hab ich Lieberes auf der Welt? Aber sie können mich nicht brauchen.«

Ist das die Antwort auf jene Sätze, mit denen er die Kinderlandschaft heimkehrend segnete? »Heimzugehn, wo bekannt blühende Wege mir sind, / Dort zu besuchen das Land und die schönen Tale des Neckars, / Und die Wälder, das Grün heiliger Bäume, wo gern / Sich die Eiche gesellt mit stillen Birken und Buchen, / Und in Bergen ein

Ort freundlich gefangen mich nimmt.« Wer sind sie, die ihn nicht mehr brauchen können? Alle, auch die Mutter, die Familie, die Freunde? Oder meint er mit dem »sie« in der Mehrzahl doch nur die Eine, Susette Gontard? In seinem Gedicht nimmt ihn die Vaterstadt noch freundlich gefangen. Wobei das »gefangen« die Freundlichkeit eben doch verrät. Wer sind sie, denen er fremd wurde? Hätte er nicht ebenso schreiben können: Aber ich kann sie nicht mehr brauchen. Weil er, fremd geworden, niemanden an keinem Ort, in keinem Land mehr brauchen kann?

Ich habe, als ich, vom Frühling überrascht wie er, über die Alb fuhr, dem, was meine Blicke aufnahmen, mit seinem Gedicht geantwortet, bis die junge Frau, die neben mir am Steuer saß und mich schweigen ließ, plötzlich leise bemerkte: Damals, als wir von Tschernobyl erfuhren, stellte ich mir vor, daß diese schöne Gegend von einer furchtbaren und unheilbaren Krankheit befallen sei. Auch jetzt, sagte sie.

Ich nickte, ohne ihr zu antworten oder von Hölderlins Gedicht zu erzählen. In seinem ›Empedokles‹ sah er den Bruch zwischen Mensch und Natur schon voraus, aber in einer großen Hoffnung beschwor er auch die »neue Erde«: »Von Herzen nennt man dich, Erde, dann wieder / Und wie die Blum aus deinem Dunkel sproßt, / Blüht Wangenrot der Dankenden für dich / Aus lebensreicher

Brust und selig Lächeln. / Und –« An dieser Stelle bricht Hölderlin ab. Hatte ihn, während er dieses Glück sang, der Schreck überwältigt?

Aus Bordeaux kehrte er, der Vaterlandsflüchtling, als ein anderer zurück.

Wohin, das weiß ich. Ich kenne das Haus, die Stadt. Sie hat viele vergessen, die in ihr fremd wurden, aus ihr aufbrachen und wieder heimkamen, ohne willkommen zu sein.

Ein Fremdling wurde auch Werner Gross.

Ich habe ihn nur flüchtig gekannt, obwohl er nach 1945 zum Kreis um Fritz Ruoff gehörte. Wie auch Karl Gerber, der mir in seiner Erbitterung Furcht einflößte. Oder wie der Bildhauer Eugen Maier.

Noch jetzt, wenn ich mich an diese Männer erinnere, sie mir vergegenwärtige, ergreift mich Scheu. Damals, als Sechzehnjährigen, schockierten mich ihre Offenheit, ihre Verwundbarkeit.

Gross hatte ich vergessen. Vor zwei oder drei Jahren bekam ich den Brief eines Tübinger Studenten, Joachim Schlör, der beabsichtigte, eine Magisterarbeit über das Leben dieses Fremdlings zu schreiben. Die Arbeit liegt inzwischen vor. Ich las sie, erschrocken darüber, wie heimatlos jemand sein kann, der immer nur Heimat suchte.

Dabei beginnt seine Lebensgeschichte so, als sei eine freundliche, banale Fortsetzung zu erwarten.

Er verbringt Kindheit und Jugend im Schutz einer Kleinbürgerfamilie. Sein Vater war zuerst Gastwirt in Lorch, arbeitete danach als Kaufmann beim Nürtinger Zementwerk. Das gibt es nicht mehr. Ich habe es noch gekannt, den stäubenden Qualm, der sich grau auf den Dächern niederschlug.

Mit seinen drei Geschwistern verstand er sich gut. Er lernte ebenfalls beim Zementwerk, zog aber dann, von den Sorgen der Eltern begleitet, nach Dessau. Dort fing er an zu schreiben, fand Freunde, Freundinnen. Er mußte die Stellen wechseln, kam schließlich zurück nach Nürtingen.

Es war Ende 1930. Nun fand er keine Arbeit mehr. Er bemühte sich, seiner Situation klar zu werden, dachte und schrieb nach rechts, nach links. Horchte sich um. Er duckte sich nicht, gab sich alle Mühe, ohne Schrunden davonzukommen.

Manchmal wanderte er wie früher auf der Alb, gewiß begleitet von Freunden. Einige von ihnen, die auch mit ihm zur Schule gegangen waren, gehörten der KPD an. Wiederum war hier Karl Gerber einer der Entschiedensten. Er vertrieb Literatur, kümmerte sich um die Kulturarbeit, schrieb selber, wechselte zum Beispiel mit dem Parteitheoretiker Karl August Wittfogel Briefe: »Lieber Genosse Gerber, die proletarische Schriftstellerei ist ein sehr bitteres Brot ...«

Gerber nahm sich des jungen Arbeitslosen an, schickte ihn auf die Heimvolkshochschule Comburg zu einem dreimonatigen Kurs. Gross solle sich weiterbilden im Sinne der Arbeiterkultur, und sein Tagebuch hält fest, was er lernte, womit er umging: »Das religiöse Leben in der Sowjetunion; Warum treiben wir Wirtschaftskunde?; Tolstoi, Das Licht scheint in der Finsternis; Sprachlicher Ausdruck; Die Stellung der Person im Kosmos der Gesellschaft; Bürgerliche und Arbeiterdichtung; Historischer Materialismus; Das Wesen der Arbeit.«

Auf den Einbanddeckel seiner Magisterarbeit hat Joachim Schlör ein Foto von Werner Gross geklebt, neben die KZ-Nummer und den roten Winkel der »Politischen«. Ich blicke in ein aufgeschlossenes, lachendes Gesicht. Es ist jung, seine Ahnungslosigkeit schmerzt.

Er absolvierte in Leipzig noch einen zweiten Kurs, freundete sich mit einer jungen Dänin an, hoffte auf Arbeit, auf Leben.

Ich weiß, was ihn erwartete: Eine Winterreise in kleinen Schritten, eine Passion, auf der er von Station zu Station fremder wurde. »Einen Weiser seh ich stehen.« Noch nahm er ihn nicht wahr. 1932 trat er in die Kommunistische Partei ein. Wenn schon nicht Nürtingen, »den Schauplatz wilder Bubenspiele und herrlicher Jugendstreiche« – ein Zuhause wollte und mußte er haben.

Nur vier Wochen nachdem Hitler die Macht ergriffen hatte, im März 1933, wurden die Nürtinger Kommunisten verhaftet. Er wurde, wie Fritz Ruoff, in das Landesgefängnis Rottenburg gebracht, von dort auf den Heuberg, ins Konzentrationslager. Ein »Schutzhäftling«.

Seine Schwester schickte ihm ein Paket, dessen Inhalt einem Nachlaß gleicht: »1 Pullover, 2 Trikothemden, 1 Unterhose, 2 Paar Sportstrümpfe, 1 Paar Socken, 2 Waschlappen, 1 Zahnbürste, 1 Handtuch, 1 Schal, 1 Schachspiel, etwas Briefpapier, Briefkuverts, 1 Buch / die Erbschmiede, 1 Buch / schwäbischer Geist, 5 Taschentücher, 1 Paar Hausschuhe.« Die Habe des Wanderers. Schubert hinterließ nicht viel mehr.

Anfang Juli wurde er entlassen. Die Schergen spielten mit ihm wie die Katze mit der Maus. Ende Juli, da die braunen Horden in Stuttgart ihr Turnfest feierten, wurde er schon wieder für eine Woche in Schutzhaft genommen; im Februar 1934 kommt er erneut in Haft, da er für die Rote Hilfe sammelte. Sobald er frei war, nahm er Arbeit an. Unter anderem bei der Elektrometall GmbH in Cannstatt, wo ihn im Mai 1935 seine Verfolger wieder einholten. Er wurde festgenommen, geprügelt, gefoltert. Einundzwanzig Monate wartete er in Untersuchungshaft auf seinen Prozeß: »Wegen Vorbereitung zum Hochverrat«.

»Ihr dürft mir glauben, daß ich mich in der Rolle

des einzigen ›schwarzen Schafes‹ in der Familie nicht wohlfühle«, schrieb er nach Hause, »aber Geschehenes läßt sich nun eben nicht ändern ...« Instinktiv weigerte er sich, fremd gemacht zu werden, doch aufgeben konnte und wollte er nicht.

Er wurde zu zwei Jahren und acht Monaten Zuchthaus verurteilt, sofort nach dem Spruch im »Grünen August« ins Zuchthaus Ludwigsburg gefahren.

Seine Mutter reichte mehrere Gnadengesuche ein. Nach ihrem Tod versuchte es der Vater. »Mit meinem heutigen Schreiben möchte ich nun ergebenst um einen gnadenreichen Erlaß des letzten Strafteils meines Sohnes nachsuchen und zur Begründung folgendes anführen: Meine Frau, die Mutter von vier Kindern war, wovon 2 seit 1932 bei der NS-Frauenschaft und bei der SA tätig sind, ist mir am 22. Aug. 37 unerwartet rasch entrissen worden. Recht viel Kummer und Sorge wegen ihres Sohnes W. hat ihre letzte Lebenszeit immer mehr verdüstert und ihre Kräfte vollends aufgerieben ...« Der hilflos flehende Brief malt ein Bild, auf dem in einem engen Rahmen junge Leute in SA-Uniformen und Häftlingskluft nebeneinander stehen – Geschwister, einander schon fremd, die Wörter, die Flüche, die sie sich im Spiel zuriefen, verdorben im Mund.

Die Gesuche rührten niemanden. Gross mußte die Strafe absitzen. Am Tage seiner Freilassung

wurde er von zwei Gestapoleuten wieder festgenommen und nach Dachau verschleppt. Dort
blieb und litt er bis 1945. Er mußte zusehen, wie
Freunde und Genossen starben, umkamen.

Als die amerikanischen Truppen sich dem Lager
am 26. April 1945 näherten, wurden 9000 Mann auf
dem Appellhof zusammengetrieben, die »Reichsdeutschen«. Am Abend marschierten sie ab, eskor-
tiert von SS-Leuten. Wohin, wußten sie nicht.

Gross hat über diesen »Todesmarsch« einen Bericht veröffentlicht. Jedes Wort darin ist gekränkt
und schreit. Mir fällt es schwer, ihn zu lesen. Ich
höre seine Klage wie hinter einer Wand.

»Vom 13jährigen Kind bis zum 73jährigen Greis
sind in der Marschkolonne alle Altersstufen vertreten. Schon fallen die ersten Erschöpften und Kranken zusammen und schleppen sich an den Rand,
um nicht zertreten zu werden ...« Die Elenden ziehen durch München, zum Starnberger See, aufs
Gebirge zu. »Ab und zu, wenn viele umfallen, gibt
es dann für ein paar Minuten Aufenthalt, wie ein
Stein fällt der müde Konzentrationär auf die harte
Straße, und möchte nichts als liegenbleiben und
schlafen. Doch das bedeutet Tod, denn immer wieder ist die schaurige Marschmusik – der Pistolen-
knall – zu hören, einmal näher, einmal weiter entfernt.«

In einem Schneesturm gelang es Werner Gross,
mit zwei Freunden zu fliehen. Sie wurden von

einem Bauern aufgenommen, der sie versteckt hielt, bis die amerikanischen Soldaten kamen. »Drei politische Gefangene, mit zusammen 28 Jahren Haft im Dritten Reich, waren wieder dem Leben zurückgegeben ... Nach Wochen der Krankheit und Genesung kehrte ich von dort am 4. Juni nach Nürtingen zurück, das ich als Gefangener der Gestapo im Mai 1935 verlassen hatte.«

Zwei Jahre danach bin ich ihm begegnet.

Sie haben geredet, geschrieben über das, was ihnen angetan wurde. Sie warfen denen, die zu Hause geblieben waren, die ihre Uniformen ausgezogen und ihre Gesinnung hastig gewechselt hatten, ihre Fremde vor. Ihre Trauer war größer als ihr Zorn, ihre Ohnmacht setzte sich lähmend fort.

Ich erinnere jeden einzelnen. Ihre Einsamkeit greift mich bis heute an.

Karl Gerber fuhr als städtischer Bote auf dem Rad durch die Gassen, ein Mann mit einem steinernen Gesicht. Fritz Ruoff hatte mir wortlos den Bericht in die Hände gedrückt, den Gerber über seine KZ-Jahre geschrieben hatte. Ich las, wußte nicht, wie ich antworten sollte. So schwieg auch ich.

Werner Gross schrieb Erinnerungen, wurde immer leiser.

Eugen Maier schlug Figuren aus Holz und Grabmäler aus Stein. Ihn nannte Grieshaber »unser aller Vorbild. Für mich war er der einzige

Held, dem ich in meinem Leben begegnet bin. Seine Berichte vom Konzentrationslager, von der Strafgefangenschaft, vom Bewährungsbataillon 999, von seinen Internierungen haben mir geholfen, die eigene bedrohte Existenz ... leichter zu ertragen. Stets hatte er trotz Verfolgung eine künstlerische Arbeit vorzuweisen. Die Schachfiguren aus dem Brot des Gefangenen, der Stuhlfuß, aus dem er einen Partisan geschnitzt hatte, die Zeichnungen auf dem Rand der französischen Ausgabe des Werther.«

Ich stehe in seinem Atelier, zusammen mit Fritz Ruoff. Sie unterhalten sich über ihre Arbeit. Ihr Gedächtnis lassen sie nicht reden. Aber nach vierzig Jahren kann ich die Stimmen hören, die damals nicht laut wurden, die Klagen, die Flüche, die Schreie. In ihren Arbeiten lese ich sie wieder.

Fremd bin ich eingezogen.

Werner Gross hielt ein paar Jahre verzweifelt stand und rannte gegen den allgemeinen Gedächtnisschwund an. Zusammen mit anderen Leidensgefährten gründete er die »Vereinigung der Verfolgten des Naziregimes«. Verbissen erledigte er Büroarbeit. Bald mußte er einsehen, daß die erlittene Gemeinsamkeit nicht hielt. Er trat aus der Vereinigung aus. Auch aus der kommunistischen Partei. »Der du doch mit seltener Treue die vielen Jahre ausgehalten hast«, schrieb ihm Fritz Ruoff.

Das sind schon Geisterklagen.

Die Diskussionen über die Lager Stalins begannen; die Zweifel bekamen eine andere Farbe. Die Wanderer sahen ein, daß die erhoffte Heimkunft eine Utopie war. Ein Haus aber wollte sich Werner Gross dennoch bauen. Die Mauern wurden so weit hochgezogen, daß am 20. November 1950 das Richtfest gefeiert werden konnte. Gegen Abend verließ er mit dem Fahrrad die Baustelle. Auf dem Weg kam ihm ein Auto entgegen. Er wich aus, stürzte, schlug mit dem Kopf auf den Kotflügel des Wagens. Noch an Ort und Stelle starb er.

Fremd zieh ich wieder aus.

18

Wieder und wieder höre ich Schuberts Musik. Es ist bedauerlich, daß es keine Platte von dem Abend mit Mitsuko Shirai gibt. Sie sprach, ehe sie sang, von einem Tunnel, durch den sie hindurch müsse – vom ersten Lied bis zum letzten, zu den in der Melodie tonlosen Fragen des Wanderers: »Wunderlicher Alter, / Soll ich mit dir gehn? / Willst zu meinen Liedern / Deine Leier drehn?« Tritt da einer ans Licht oder kehrt er nicht schon wieder um ins Dunkel? Müßte da nicht jede Stimme ersticken?

»Im Dunkel wird mir wohler sein.« Dieser Wanderer hat, meine ich, die Romantik verlassen.

Nietzsches Wanderer versucht dem ein letztes Mal zu entgehen: »Man muß *sehr leicht* sein, um seinen Willen zur Erkenntnis bis in eine solche Ferne und gleichsam über seine Zeit hinaus zu treiben, um sich zum Überblick über Jahrtausende Augen zu schaffen und noch dazu reinen Himmel in diesen Augen! Man muß sich von vielem losgebunden haben, was gerade uns Europäer von heute drückt, hemmt, niederhält, schwer macht. Der Mensch eines solchen Jenseits, der die obersten Wertmaße seiner Zeit selbst in Sicht bekommen will, hat dazu vorerst nötig, diese Zeit in sich selbst zu ›überwinden‹ – es ist die Probe seiner Kraft – und folglich nicht nur seine Zeit, sondern auch seinen bisherigen Widerwillen und Widerspruch *gegen* diese Zeit, sein Leiden *an* dieser Zeit, seine Zeit-Ungemäßheit, seine *Romantik …*«

Hochmütig und herrisch wird hier das Äußerste verlangt. Nur scheint mir, daß am Ende dieses fordernden Satzes Wladimir und Estragon auftauchen und ihn in einem bestätigen und widerlegen. Beide haben die Zeit, unsere Zeit, »in sich selbst« überwunden, sind leicht geworden. Doch die Welt ging ihnen verloren, der Himmel ebenso. Der Preis der akzeptierten Fremde oder – um Nietzsche zu antworten – der Zeit-Gemäßheit ist hoch.

Das Fremdsein ist sicher die uns zeitgemäße Existenzform. – Und doch widersetze ich mich, ohne »schwer« werden zu wollen. Ich kenne einen

Wanderer, der die Fremde, die Wiederholung aufbrach. Ich kenne und liebe ihn seit langem.

Zu meinem 16. Geburtstag schenkte mir meine Großmutter Goethes Faust. Ich las ihn, wie ich zu jener Zeit alle Bücher las: Ohne viel Kenntnis, heißhungrig und traumbeladen. Manche Zeilen hob ich mit Bleistiftstrichen hervor. Bei vielen weiß ich heute nicht mehr, weshalb. Eine einzige Passage zeichnete ich aus durch ein Ausrufezeichen. Sie blieb mir so wichtig wie dem lesewütigen Jungen von damals. Es steht, kaum mehr sichtbar auf dem vergilbten Papier, im zweiten Teil neben der Überschrift »5. Akt, Offene Gegend«.

Da tritt er auf, *mein* Wanderer. Er erinnert sich, wie ihn einest Philemon und Baucis aus der wütenden See gerettet haben, doch jetzt kann er noch nicht erkennen, daß er sich auf einer Insel befindet, die zum Untergang verurteilt ist: »Ja! sie sind's, die dunkeln Linden / Dort, in ihres Alters Kraft. / Und ich soll sie wiederfinden / Nach so langer Wanderschaft! / Ist es doch die alte Stelle, / Jene Hütte, die mich barg, / Als die sturmerregte Welle / Mich an jene Dünen warf! / Meine Wirte möcht' ich segnen, / Hülfsbereit, ein wackres Paar, / Das, um heut mir zu begegnen, / Alt schon jener Tage war.«

Es ist gleichgültig, woher er kommt, welche Wege er hinter sich hat. Ich frage mich auch nicht, wer er ist, wer ihn ausschickte.

Er wird von Baucis empfangen, der Greisin. Goethe sagt von ihr: »Mütterchen, sehr alt.« Sie nimmt ihn mit einem Wort auf, das jedes Woher und Wohin vergessen macht, neu und unvergleichbar. Sie sagt: »Lieber Kömmling!« und bringt mit diesem Goetheschen Wortfund den unerwarteten Gast als Kind zur Welt, empfängt ihn als Sohn. »Lieber Kömmling! Leise! Leise! / Ruhe! laß den Gatten ruhn! / Langer Schlaf verleiht dem Greise / Kurzen Wachens rasches Tun.«

Baucis singt ein Lied, das nicht nur Philemon schützt, sondern zugleich den Wanderer heimholt.

Was dem folgt, ist rasch erzählt. So rasch wie der Fort-Schritt. Philemon führt dem Wanderer, der sich über den Zustand der beiden Alten entsetzt, die veränderte Welt vor. Das Meer ist verschwunden, »Das Euch grimmig mißgehandelt, / Wog' auf Woge, schäumend wild, / Seht als Garten Ihr behandelt, / Seht ein paradiesisch Bild.« Und: »Dort im Fernsten ziehen Segel, / Suchen nächtlich sichern Port. / Kennen doch ihr Nest die Vögel, / Denn jetzt ist der Hafen dort. / So erblickst du in der Weite / Erst des Meeres blauen Saum, / Rechts und links in aller Breite / Dichtgedrängt bewohnten Raum.«

Das ist eine bekannte Geschichte. Goethe hat sie sogar einer Vorlage nachgeschrieben. Dem fast Achtzigjährigen waren die Pläne für Bremerhaven vorgelegt worden. Er studierte sie mit der Leidenschaft des Entdeckers, vergnügte sich an der Land-gewinnung, der Bändigung des Meeres. So ließ er, was er gesehen hatte, Faust ausführen. Nicht ohne Zweifel an der Übermacht menschlichen Handelns. Denn er läßt Philemon fragen: »Kann der Kaiser sich versünd'gen, / Der das Ufer ihm verliehn?« und Baucis klagen: »Menschenopfer mußten bluten, / Nachts erscholl des Jammers Qual, / Meerab flossen Feuergluten, / Morgens war es ein Kanal.«

Die Hütte der Alten steht im Wege. Sie ist der letzte Rest dessen, was nicht mehr sein soll. Faust bietet einen Umzug und bei weitem nobleren Ersatz an, »Schönes Gut im Neuen Land«. Sie weigern sich, sie wollen bleiben. Mit dem Wanderer nehmen sie Abschied: »Laßt uns zur Kapelle treten, / Letzten Sonnenblick zu schaun! / Laßt uns läuten, knieen, beten / Und dem alten Gott vertraun!«

Faust hat sich unterdessen entschlossen, wenn auch mit schlechtem Gewissen. Er schickt die drei gewaltigen Gesellen aus: »So geht und schafft sie mir zur Seite.« Lynceus, der Türmer, beobachtet die Verheerung, nachdem er eben noch sang: »Ihr glücklichen Augen, / Was je ihr gesehn –/ Es sei wie es wolle / Es war doch so schön.« Nun verfällt das Schöne dem Grauen, dem Mord. »Ach! die guten alten Leute, / Sonst so sorglich um das Feuer, / Werden sie dem Qualm zur Beute … Das

Kapellchen bricht zusammen / Von der Äste Sturz und Last. / Schlängelnd sind mit spitzen Flammen / Schon die Gipfel angefaßt. / Bis zur Wurzel glühn die hohlen / Stämme, purpurrot im Glühn.« Lynceus hält inne. »Lange Pause, Gesang« schreibt die Regieanweisung vor. Dann setzt er fort: »Was sich sonst dem Blick empfohlen, / Mit Jahrhunderten ist hin.« So unvermittelt klagt Goethe den schon erblindenden Faust an. Die drei gewaltigen Gesellen erstatten Bericht über die erfolgreiche Untat. Den Wanderer erwähnen sie nur nebenbei: »Ein Fremder, der sich dort versteckt / Und fechten wollte, ward gestreckt.«

Ein Fremder. Aber das war er, eine Heimkunft lang, nicht mehr. Baucis hatte ihm, dem Kömmling, die Fremde genommen und ihn aus seiner Wanderschaft erlöst. Er, der sich aus Liebe und Wissen entschieden hatte, mußte nicht mehr aufbrechen. Er starb mit den beiden Alten wissentlich gegen die geplante und planierende Wirklichkeit. Er kam zur rechten Zeit. Er kam heim. Und er zog eine andere Unsterblichkeit vor als Faust – namenlos und dennoch genannt: Kömmling.

Wilhelm Müller

Die Winterreise

Die unter den Gedichttiteln in Klammern gesetzten Ziffern geben die Reihenfolge an, in der Franz Schubert die Gedichte geordnet hat.

GUTE NACHT
(1)

Fremd bin ich eingezogen,
Fremd zieh ich wieder aus.
Der Mai war mir gewogen
Mit manchem Blumenstrauß.
Das Mädchen sprach von Liebe,
Die Mutter gar von Eh' –
Nun ist die Welt so trübe,
Der Weg gehüllt in Schnee.

Ich kann zu meiner Reisen
Nicht wählen mit der Zeit:
Muß selbst den Weg mir weisen
In dieser Dunkelheit.
Es zieht ein Mondenschatten
Als mein Gefährte mit,
Und auf den weißen Matten
Such ich des Wildes Tritt.

Was soll ich länger weilen,
Bis man mich trieb' hinaus?
Laß irre Hunde heulen
Vor ihres Herren Haus!
Die Liebe liebt das Wandern, –
Gott hat sie so gemacht –
Von einem zu dem andern –
Fein Liebchen, Gute Nacht!

Will dich im Traum nicht stören,
Wär Schad um deine Ruh,
Sollst meinen Tritt nicht hören –
Sacht, sacht die Türe zu!
Ich schreibe nur im Gehen
Ans Tor noch »Gute Nacht«,
Damit du mögest sehen,
Ich hab an dich gedacht.

Die Wetterfahne
(2)

Der Wind spielt mit der Wetterfahne
Auf meines schönen Liebchens Haus.
Da dacht ich schon in meinem Wahne,
Sie pfiff' den armen Flüchtling aus.

Er hätt es ehr bemerken sollen,
Des Hauses aufgestecktes Schild,
So hätt er nimmer suchen wollen
Im Haus ein treues Frauenbild.

Der Wind spielt drinnen mit den Herzen,
Wie auf dem Dach, nur nicht so laut.
Was fragen sie nach meinen Schmerzen?
Ihr Kind ist eine reiche Braut.

GEFRORENE TRÄNEN
(3)

Gefrorne Tropfen fallen,
Von meinen Wangen ab:
Und ist's mir denn entgangen,
Daß ich geweinet hab?

Ei Tränen, meine Tränen,
Und seid ihr gar so lau,
Daß ihr erstarrt zu Eise,
Wie kühler Morgentau?

Und dringt doch aus der Quelle
Der Brust so glühend heiß,
Als wolltet ihr zerschmelzen
Des ganzen Winters Eis.

ERSTARRUNG
(4)

Ich such im Schnee vergebens
Nach ihrer Tritte Spur,
Hier, wo wir oft gewandelt
Selbander durch die Flur.

Ich will den Boden küssen,
Durchdringen Eis und Schnee
Mit meinen heißen Tränen,
Bis ich die Erde seh.

Wo find ich eine Blüte,
Wo find ich grünes Gras?
Die Blumen sind erstorben,
Der Rasen sieht so blaß.

Soll denn kein Angedenken
Ich nehmen mit von hier?
Wenn meine Schmerzen schweigen,
Wer sagt mir dann von ihr?

Mein Herz ist wie erfroren,
Kalt starrt ihr Bild darin:
Schmilzt je das Herz mir wieder,
Fließt auch das Bild dahin.

DER LINDENBAUM
(5)

Am Brunnen vor dem Tore
Da steht ein Lindenbaum:
Ich träumt in seinem Schatten
So manchen süßen Traum.

Ich schnitt in seine Rinde
So manches liebe Wort;
Es zog in Freud und Leide
Zu ihm mich immerfort.

Ich mußt auch heute wandern
Vorbei in tiefer Nacht,
Da hab ich noch im Dunkel
Die Augen zugemacht.

Und seine Zweige rauschten,
Als riefen sie mir zu:
»Komm her zu mir, Geselle,
Hier findst du deine Ruh!«

Die kalten Winde bliesen
Mir grad ins Angesicht,
Der Hut flog mir vom Kopfe,
Ich wendete mich nicht.

Nun bin ich manche Stunde
Entfernt von jenem Ort,
Und immer hör ich's rauschen:
Du fändest Ruhe dort!

POST
(13)

Von der Straße her ein Posthorn klingt.
Was hat es, daß es so hoch aufspringt,
   Mein Herz?

Die Post bringt keinen Brief für dich:
Was drängst du denn so wunderlich,
   Mein Herz?

Nun ja, die Post kömmt aus der Stadt,
Wo ich ein liebes Liebchen hatt,
   Mein Herz!

Willst wohl einmal hinübersehn,
Und fragen, wie es dort mag gehn,
   Mein Herz?

Manche Trän aus meinen Augen
Ist gefallen in den Schnee;
Seine kalten Flocken saugen
Durstig ein das heiße Weh.

Wann die Gräser sprossen wollen,
Weht daher ein lauer Wind,
Und das Eis zerspringt in Schollen,
Und der weiche Schnee zerrinnt.

Schnee, du weißt von meinem Sehnen:
Sag mir, wohin geht dein Lauf?
Folge nach nur meinen Tränen,
Nimmt dich bald das Bächlein auf.

Wirst mit ihm die Stadt durchziehen,
Muntre Straßen ein und aus:
Fühlst du meine Tränen glühen,
Da ist meiner Liebsten Haus.

AUF DEM FLUSSE
(7)

Der du so lustig rauschtest,
Du heller, wilder Fluß,
Wie still bist du geworden,
Gibst keinen Scheidegruß.

Mit harter, starrer Rinde
Hast du dich überdeckt,
Liegst kalt und unbeweglich
Im Sande hingestreckt.

In deine Decke grab ich
Mit einem spitzen Stein
Den Namen meiner Liebsten
Und Stund und Tag hinein:

Den Tag des ersten Grußes,
Den Tag, an dem ich ging,
Um Nam' und Zahlen windet
Sich ein zerbrochner Ring.

Mein Herz, in diesem Bache
Erkennst du nun dein Bild?
Ob's unter seiner Rinde
Wohl auch so reißend schwillt?

RÜCKBLICK
(8)

Es brennt mir unter beiden Sohlen,
Tret ich auch schon auf Eis und Schnee.
Ich möcht nicht wieder Atem holen,
Bis ich nicht mehr die Türme seh.

Hab mich an jedem Stein gestoßen,
So eilt ich zu der Stadt hinaus;
Die Krähen warfen Bäll und Schloßen
Auf meinen Hut von jedem Haus.

Wie anders hast du mich empfangen,
Du Stadt der Unbeständigkeit!
An deinen blanken Fenstern sangen
Die Lerch und Nachtigall im Streit.

Die runden Lindenbäume blühten,
Die klaren Rinnen rauschten hell,
Und ach, zwei Mädchenaugen glühten!–
Da war's geschehn um dich, Gesell!

Kömmt mir der Tag in die Gedanken,
Möcht ich noch einmal rückwärts sehn,
Möcht ich zurücke wieder wanken,
Vor *ihrem* Hause stille stehn.

DER GREISE KOPF
(14)

Der Reif hatt einen weißen Schein
Mir übers Haar gestreuet.
Da meint ich schon ein Greis zu sein,
Und hab mich sehr gefreuet.

Doch bald ist er hinweggetaut,
Hab wieder schwarze Haare,
Daß mir's vor meiner Jugend graut –
Wie weit noch bis zur Bahre!

Vom Abendrot zum Morgenlicht
Ward mancher Kopf zum Greise.
Wer glaubt's? Und meiner ward es nicht
Auf dieser ganzen Reise!

Die Krähe
(15)

Eine Krähe war mit mir
Aus der Stadt gezogen,
Ist bis heute für und für
Um mein Haupt geflogen.

Krähe, wunderliches Tier,
Willst mich nicht verlassen?
Meinst wohl bald als Beute hier
Meinen Leib zu fassen?

Nun, es wird nicht weit mehr gehn
An dem Wanderstabe.
Krähe, laß mich endlich sehn
Treue bis zum Grabe!

LETZTE HOFFNUNG
(16)

Hier und da ist an den Bäumen
Noch ein buntes Blatt zu sehn,
Und ich bleibe vor den Bäumen
Oftmals in Gedanken stehn.

Schaue nach dem einen Blatte,
Hänge meine Hoffnung dran;
Spielt der Wind mit meinem Blatte,
Zittr' ich, was ich zittern kann.

Ach, und fällt das Blatt zu Boden,
Fällt mit ihm die Hoffnung ab,
Fall ich selber mit zu Boden,
Wein' auf meiner Hoffnung Grab.

Im Dorfe
(17)

Es bellen die Hunde, es rasseln die Ketten.
Die Menschen schnarchen in ihren Betten,
Träumen sich manches, was sie nicht haben,
Tun sich im Guten und Argen erlaben:
Und morgen früh ist alles zerflossen. –
Je nun, sie haben ihr Teil genossen,
Und hoffen, was sie noch übrig ließen,
Doch wieder zu finden auf ihren Kissen.
Bellt mich nur fort, ihr wachen Hunde,
Laßt mich nicht ruhn in der Schlummerstunde!
Ich bin zu Ende mit allen Träumen –
Was will ich unter den Schläfern säumen?

DER STÜRMISCHE MORGEN
(18)

Wie hat der Sturm zerrissen
Des Himmels graues Kleid!
Die Wolkenfetzen flattern
Umher in mattem Streit.

Und rote Feuerflammen
Ziehn zwischen ihnen hin.
Das nenn ich einen Morgen
So recht nach meinem Sinn!

Mein Herz sieht an dem Himmel
Gemalt sein eignes Bild –
Es ist nichts als der Winter,
Der Winter kalt und wild!

TÄUSCHUNG
(19)

Ein Licht tanzt freundlich vor mir her;
Ich folg ihm nach die Kreuz und Quer;
Ich folg ihm gern und seh's ihm an,
Daß es verlockt den Wandersmann.
Ach, wer wie ich so elend ist,
Gibt gern sich hin der bunten List,
Die hinter Eis und Nacht und Graus
Ihm weist ein helles, warmes Haus,
Und eine liebe Seele drin –
Nur Täuschung ist für mich Gewinn!

Der Wegweiser
(20)

Was vermeid ich denn die Wege,
Wo die andren Wandrer gehn,
Suche mir versteckte Stege
Durch verschneite Felsenhöhn?

Habe ja doch nichts begangen,
Daß ich Menschen sollte scheun –
Welch ein törichtes Verlangen
Treibt mich in die Wüstenein?

Weiser stehen auf den Straßen,
Weisen auf die Städte zu,
Und ich wandre sonder Maßen,
Ohne Ruh, und suche Ruh.

Einen Weiser seh ich stehen
Unverrückt vor meinem Blick;
Eine Straße muß ich gehen,
Die noch keiner ging zurück.

DAS WIRTSHAUS
(21)

Auf einen Totenacker
Hat mich mein Weg gebracht.
Allhier will ich einkehren:
Hab ich bei mir gedacht.

Ihr grünen Totenkränze
Könnt wohl die Zeichen sein,
Die müde Wandrer laden
Ins kühle Wirtshaus ein.

Sind denn in diesem Hause
Die Kammern all besetzt?
Bin matt zum Niedersinken
Und tödlich schwer verletzt.

O unbarmherzge Schenke,
Doch weisest du mich ab?
Nun weiter denn, nur weiter,
Mein treuer Wanderstab!

DAS IRRLICHT
(9)

In die tiefsten Felsengründe
Lockte mich ein Irrlicht hin:
Wie ich einen Ausgang finde,
Liegt nicht schwer mir in dem Sinn.

Bin gewohnt das Irregehen,
's führt ja jeder Weg zum Ziel:
Unsre Freuden, unsre Wehen,
Alles eines Irrlichts Spiel!

Durch des Bergstroms trockne Rinnen
Wind ich ruhig mich hinab –
Jeder Strom wird's Meer gewinnen,
Jedes Leiden auch ein Grab.

Rast
(10)

Nun merk ich erst, wie müd ich bin,
Da ich zur Ruh mich lege;
Das Wandern hielt mich munter hin
Auf unwirtbarem Wege.

Die Füße frugen nicht nach Rast,
Es war zu kalt zum Stehen,
Der Rücken fühlte keine Last,
Der Sturm half fort mich wehen.

In eines Köhlers engem Haus
Hab Obdach ich gefunden;
Doch meine Glieder ruhn nicht aus:
So brennen ihre Wunden.

Auch du, mein Herz, im Kampf und Sturm
So wild und so verwegen,
Fühlst in der Still erst deinen Wurm
Mit heißem Stich sich regen!

DIE NEBENSONNEN
(23)

Drei Sonnen sah ich am Himmel stehn,
Hab lang und fest sie angesehn;
Und sie auch standen da so stier,
Als könnten sie nicht weg von mir.
Ach, *meine* Sonnen seid ihr nicht!
Schaut andren doch ins Angesicht!
Ja, neulich hatt ich auch wohl drei:
Nun sind hinab die besten zwei.
Ging' nur die dritt erst hinterdrein!
Im Dunkel wird mir wohler sein.

FRÜHLINGSTRAUM
(II)

Ich träumte von bunten Blumen,
So wie sie wohl blühen im Mai,
Ich träumte von grünen Wiesen,
Von lustigem Vogelgeschrei.

Und als die Hähne krähten,
Da ward mein Auge wach;
Da war es kalt und finster,
Es schrien die Raben vom Dach.

Doch an den Fensterscheiben
Wer malte die Blätter da?
Ihr lacht wohl über den Träumer,
Der Blumen im Winter sah?

Ich träumte von Lieb um Liebe,
Von einer schönen Maid,
Von Herzen und von Küssen,
Von Wonn und Seligkeit.

Und als die Hähne krähten,
Da ward mein Herze wach;
Nun sitz ich hier alleine
Und denke dem Traume nach.

Die Augen schließ ich wieder,
Noch schlägt das Herz so warm.
Wann grünt ihr Blätter am Fenster?
Wann halt ich dich, Liebchen, im Arm?

EINSAMKEIT
(12)

Wie eine trübe Wolke
Durch heitre Lüfte geht,
Wann in der Tanne Wipfel
Ein mattes Lüftchen weht:

So zieh ich meine Straße
Dahin mit trägem Fuß,
Durch helles, frohes Leben,
Einsam und ohne Gruß.

Ach, daß die Luft so ruhig!
Ach, daß die Welt so licht!
Als noch die Stürme tobten,
War ich so elend nicht.

MUT!
(22)

Fliegt der Schnee mir ins Gesicht,
Schüttl ich ihn herunter.
Wenn mein Herz im Busen spricht,
Sing ich hell und munter.

Höre nicht, was es mir sagt,
Habe keine Ohren.
Fühle nicht, was es mir klagt,
Klagen ist für Toren.

Lustig in die Welt hinein
Gegen Wind und Wetter!
Will kein Gott auf Erden sein,
Sind wir selber Götter.

Der Leiermann
(24)

Drüben hinterm Dorfe
Steht ein Leiermann,
Und mit starren Fingern
Dreht er, was er kann.

Barfuß auf dem Eise
Schwankt er hin und her;
Und sein kleiner Teller
Bleibt ihm immer leer.

Keiner mag ihn hören,
Keiner sieht ihn an;
Und die Hunde brummen
Um den alten Mann.

Und er läßt es gehen
Alles, wie es will,
Dreht, und seine Leier
Steht ihm nimmer still.

Wunderlicher Alter,
Soll ich mit dir gehn?
Willst zu meinen Liedern
Deine Leier drehn?

Literatur

Samuel Beckett: Warten auf Godot. Berlin 1954

Walter Benjamin: Gesammelte Schriften (Band I–V). Herausgegeben von Rolf Tiedemann und Hermann Schweppenhäuser. Frankfurt 1972–1982

Ulrich Bräker: Lesebuch. Herausgegeben von Heinz Weder. Frankfurt 1973

Albert Camus: Der Mythos von Sisyphos. Ein Versuch über das Absurde. Bad Salzig und Düsseldorf 1950

Paul Celan: Gesammelte Werke in fünf Bänden. Herausgegeben von Beda Allemann und Stefan Reichert. Frankfurt 1983

Lisa Fittko: Mein Weg über die Pyrenäen. Erinnerungen 1940/41. München 1985

Fluchtpunkt Zürich. Materialien zu einer Ausstellung. Zusammengestellt von Ute Cofalka und Beat Schläpfer. Zürich o. J.

Die Freunde. Begleitheft zur 5. Ausstellung der Galerie Herrmann. Herausgegeben von H. A. P. Grieshaber. Stuttgart 1947

Hans J. Fröhlich: Schubert. München 1978

Hans Gal: Franz Schubert oder Die Melodie. Frankfurt 1970

Johann Wolfgang Goethe: Faust. Mit dem Urfaust und einer Einleitung von Reinhard Buchwald. Stuttgart 1949

Ludwig Greve: Malgré tout. Grieshaber mit seinen Freunden. Marbacher Magazin 24. Marbach 1984

Grimmelshausen: Der Abenteuerliche Simplicissimus. Herausgegeben und mit einem Nachwort versehen von Alfred Kellstat. München o. J.

Friedrich Hölderlin: Sämtliche Werke (Große Stuttgarter Ausgabe). Herausgegeben von Friedrich Beißner und Adolf Beck. Stuttgart 1943–1977

Friedrich Hölderlin: Sämtliche Werke (Frankfurter Ausgabe). Herausgegeben von Dieter E. Sattler. Frankfurt 1975 ff.

Thomas Mann: Gesammelte Werke in 13 Bänden. Frankfurt 1974

Eduard Mörike: Historisch-kritische Gesamtausgabe. Herausgegeben von Hans-Henrik Krummacher, Herbert Meyer, Bernhard Zeller. Stuttgart 1967 ff.

Wilhelm Müller: Gedichte. Herausgegeben von Max Müller. Mit einer Lebensbeschreibung von G. Schwab. Leipzig 1868

Wilhelm Müller: Rom, Römer und Römerinnen. Eine Sammlung vertrauter Briefe aus Rom und Albano mit einigen späteren Zusätzen und Belegen. Zwei Bände. Berlin 1820

Wilhelm Müller: Die Winterreise und andere Gedichte. Herausgegeben von Hans-Rüdiger Schwab. Frankfurt 1986

Max Herrmann-Neiße: Gesammelte Werke. Herausgegeben von Klaus Völker. Frankfurt 1986 ff.

Friedrich Nietzsche: Werke in sechs Bänden. Herausgegeben von Karl Schlechta. München 1980

Franz Schubert: Die Dokumente seines Lebens. Gesammelt und erläutert von Otto Erich Deutsch. Kassel/Basel/Paris/London/New York 1964

Franz Schubert: Gesänge für eine Singstimme mit Klavierbegleitung. Band 1: Ausgabe für mittlere Stimme. Kritisch revidiert von Max Friedlaender. Frankfurt/London/New York o. J.

Joachim Schlör: In einer Nazi-Welt läßt sich nicht leben. Werner Gross – Lebensgeschichte eines Antifaschisten. Magisterarbeit. Universität Tübingen 1987

J. G. Seume: Prosaschriften. Mit einer Einleitung von Werner Kraft. Köln 1962

Hans-Ulrich Simon: Mörike Chronik, Stuttgart 1981

Ludwig Strauss: Dichtungen und Schriften. Herausgegeben von Werner Kraft. München 1963